元貧乏エルフの
錬金術調薬店
滝川海老郎 ill. にもし

ポム
ミレーユ
「それでは『ミレーユ錬金術調薬店』開店です」
ぱちぱち、ぱちぱちぱちぱち……。
開店祝いに集まった人が拍手をしてくれる。
棚にはポーション、それから
練り薬草がかなりの量を並べてある。
他の棚には紅茶、コーヒー、
麦茶、自作の雑草茶、クッキー。
冷蔵ケースには牛乳が瓶で入っている。
錬金術店なのに、
さながら喫茶店みたいなラインナップ。
これから商品の種類を増やしていきたい。

ミレーユ錬金術調薬店へようこそ!
マリー
シャーロット

「ねーるねるねる、ねるねるね……」
中級ポーションといっても基本は同じ。
煮た薬草水に安定剤となるボブベリーを投入する。
そこに癒やしの魔力を注いで、薬草の
回復効果のある成分との相乗効果を起こすことが重要なのだ。
魔力を注ぐと発光して、薬草水に魔力が吸収されたら完成。
中級ポーションづくり!

元貧乏エルフの
錬金術調薬店

MOTO BINBO ELF NO
RENKINJUTSU CHOUYAKU TEN

滝川海老郎
Takigawa Ebiro

Illust. にもし

TAKIGAWA EBIRO PRESENTS
ILLUSTRATION BY NIMOSHI

口絵・本文イラスト：にもし
デザイン：ＡＦＴＥＲＧＬＯＷ

CONTENTS

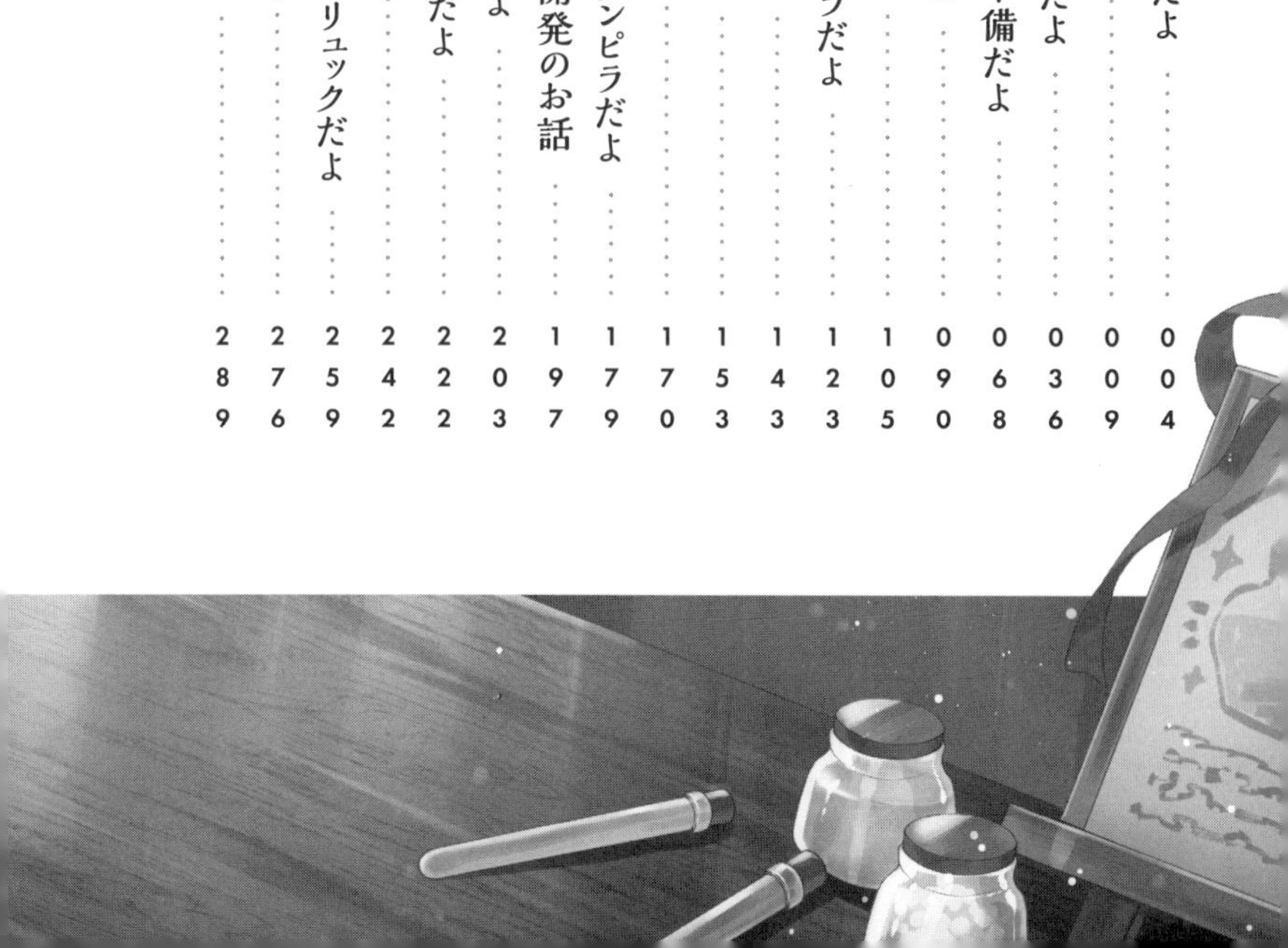

プロローグ　めざせ憧《あこが》れの王都だよ

「低級ポーションください」

「こっちもポーションくれ」

王都に来て初日。薬草を買い、露店《ろてん》で低級ポーションを実演で作製して販売《はんばい》した。

売れ行きはよく、思った以上に大盛況《せいきょう》だった。


――こんなに売れるなんて。王都最高。


しかし露店でポーションを売っている錬金術師《れんきんじゅつし》は他にいない。

普通《ふつう》はお店を構えているものらしい。

他の露店を見てみたけど、転売や中古とかの低級ポーションの品質はどれも私のものより明らかに低かった。ちらっと見て分かるほどだったのだ。

気が付いてしまった。王都の錬金術師のレベルは、思った以上に低いらしい。

これは、私がなんとかするしか、ないんじゃ、ないのかな。

活躍《かつやく》できるのはうれしいけど、思ったより、これは大変だぞ……。

◇

今日でハシユリ村ともお別れだ。

私はずっと憧れだった王都についに旅立つ。相棒はスライムのポムだけだ。

「お兄ちゃん、さようなら、ばいばい」

「おお、達者でな！　ミレーユ、ポム」

「きゅきゅう」

ハシユリ村は田舎《いなか》も田舎、王国の秘境にして、最奥《さいおう》とも言われる辺境の地。

両親はずっと以前に他界しており、私とお兄ちゃんはおばあちゃんに育てられた。

おばあちゃんは村で唯一《ゆいいつ》の錬金術師として生計を立てていた。

そのおばあちゃんも、去年亡《な》くなった。

今はお兄ちゃんが家を継《つ》いで錬金術師をしている。そうなると問題は私だ。村に二人も錬金術師は必要ないのだ。

お兄ちゃんは許嫁《いいなずけ》がいて、そのうち結婚《けっこん》したら、私は完全に用なしだ。

それなら噂《うわさ》に聞く、女の子なら誰《だれ》でも憧れる、田舎村では伝説の王都に行ってみたい。

ということで、私は家を出ることになった。

相棒のポムはグリーンスライムで大きさは三十センチ。年齢《ねんれい》は十歳《さい》前後だと思われる。

緑の半透明《とうめい》のまんじゅう形で目と口があり触手《しよくしゆ》を伸《の》ばすことができる。

昔ある日に山で薬草採取をしていたところ、先に薬草の群生地でむしゃむしゃしていたヤツで、そこで仲良くなって私の後をついてきて以来、ずっと一緒《いつしよ》にいる。

なんで私が気に入られたかはよく分からない。

もちろんポムの大好物は薬草だ。それも貴重なヒール効果の高い薬草が大好きだった。

別に薬草しか食べないかというと、そんなことはなく野菜も、普通の雑草も食べる。

その辺の拘《こだわ》りは、しゃべったりしないので、よく分からない。

「王都楽しみだねー、ポムぅ」

「きゅきゅぅ」

ハシユリ村の隣町《となりまち》へ行く行商さんの荷馬車に一緒に乗せてもらって、村から出ていく。

ポムは普段《ふだん》からぽんぽん跳《は》ねて、きゅぅきゅぅ鳴くだけだ。

今は座《すわ》っている私の膝《ひざ》の上で、軽く上下するだけで大人しくしている。

家は貧乏《びんぼう》なので、持ってこれるものには限界があった。

私は収納のリュックサック一つで、他には薬効が高い薬草の植木鉢《うえきばち》をいくつもぶら下げて持ってきている。

収納のリュックサックはいわゆるマジックバッグとも言われるもので、内部の空間が圧縮されていて重量軽減の魔法《まほう》が掛《か》かっているという、見た目の何倍も持ち運べる魔道具の一種だ。

持ってきた薬草は、この村では別段珍《めずら》しくもなんともない薬草だけど、死んだおばあちゃんの話によれば、他の村では珍しいものが多いんだって。

だから、入手できないかもしれないと思って、なるべく多くの種といくつかの植木鉢を持参したのだ。

これだけでも、外の世界ではポーションなどに加工して売れば、それなりの値段になるかもしれない。ただ村では草のままだと捨て値もいいところなので、持っていても貧乏に違《ちが》いなかった。

そもそも村の外では、それらの薬草は結構マイナーみたいで、売りに出しても全然売れないらしくて、商人も買っていってくれない。そもそも薬草だと知らず断られた。

御者《ぎょしゃ》の行商さんとぽつぽつ会話をする。

「貧乏生活とはおさらばするんだもんねー」

「あはは、嬢《じょう》ちゃん頑張《がんば》れよ」

「はい」

行商さんから激励《げきれい》をもらう。

うちは村の中で細々とポーションとか魔道具なんかを作って売ったりして、なんとか生活しているのだ。

いろいろな商品を作れても、材料をこの村まで運んでくると、輸送費やら何やでかなりの経費がかかってしまうので、錬金術製品の輸出入みたいなこともやっていなかった。

お兄ちゃんには悪いけど、この狭《せま》い村の中で頑張ってもらおう。

私は世界へ羽ばたいて、王都で錬金術または薬屋をするのだ。

それはきっと、すごくキラキラした世界で華《はな》やかで、とってもすごいと思うんだ。


商人さんの荷馬車に同乗して三日目、ようやく町に到着《とうちゃく》した。初めての町だ。小さいころ両親と来たことがあるらしいけど、記憶《きおく》にはないんだよね。

「ありがとうございました」

「ミレーユちゃん、さようなら。よい旅を」

お礼を言ってなけなしのお金を払《はら》い、立派なおのぼりさんになって安い宿に一泊《ぱく》する。

そしてそこからは乗合馬車を乗り継いで何日も何日もかかって、やっとのことで、はあ、やっとのことでですよ、王都の目前まで来ることができた。

「すごいよポム、ポム見て、あの壁《かべ》、すごい、大きい、高ぁーい」

私はついはしゃいでしまう。

だってそこは紛《まぎ》れもなく王都の壁で、あの中には国で一番大きい町が広がっているはずだから。

1章　初めての露店《ろてん》だよ

季節は晩春、五月。一年は十二か月。春夏秋冬。

ハシユリ村は暖かいほうで雪は降らない。王都の冬は雪がちらつくらしい。

寒い冬も終わって春の今がちょうど過ごしやすく活動が活発になるシーズンだった。

あと二月ほどすると暑い夏になる。何かするなら今のうちがいい。


目の前には国で最大規模の城壁《じょうへき》、王都はいわゆる城塞《じょうさい》都市というものだった。

槍《やり》装備の衛兵たちが、王都に入城する旅人と馬車の列を検分しながら捌《さば》いていく。

私の番になる前に馬車から降りて、横に整列する。

この馬車は乗合馬車なので、全員が審査《しんさ》の対象だ。

私は緊張《きんちょう》しながら、自分の番を待った。


「はい次、えっと何々」

「ミレーユ・バリスタットです」

「ミレーユちゃんね。それでお父さんとお母さんはどの人だい？　年中式前の子供は親と一緒《いっしょ》じゃなきゃ駄目《だめ》なんだよ」

「あの」

「なんだい？　ミレーユちゃん」

「私、もう年中式過ぎました。こう見えても十三歳《さい》なんです」

「そうなの？　じゃあ身分証見せてもらえるか？」

私は村から持ってきた身分証明書を見せる。カード形になっていて、誕生日、名前、性別などが書いてある簡易カードだ。

魔法《まほう》、たぶん錬金術《れんきんじゅつ》系のものが使われていて、本人が魔力を流すと、ちょっと光る不思議なカードだった。

「あら本当だ。はいよーし。偉《えら》い偉い」

いつまでも子供扱《あつか》いしてくる衛兵さんに頭を撫《な》でられつつ、しょうがないので、笑顔《えがお》でその場をやり過ごした。

下手に機嫌《きげん》を悪くしたら、怒《おこ》られてしまう。

普通《ふつう》の旅人は、特にお金の徴収《ちょうしゅう》とかはないらしく、安心して再び乗合馬車に戻《もど》った。

城門から終着駅まではまだちょっとかかるらしい。王都は広いんだって。

王都の門は今まで見た中で一番大きい。それが横に二つ並んでいる。

入る人と出る人を効率よく扱っていた。

感動するほど立派な門の下を通過すると中が見えてきた。

「スゴイ、これはスゴイ」

「きゅ、きゅぅ」

ポムと私が一緒に馬車から身を乗り出すようにして、周りを見渡《みわた》す。

石畳《いしだたみ》の道は綺麗《きれい》でそして広い。その中を人や馬車が分かれてたくさん行ったり来たりしている。

左右にはお店と露店が所狭《せま》しと並んでいるんだもん。

もうこれだけで感動モノだよ。

人なんて知り合いしかいない田舎《いなか》村とは違《ちが》って、知らない人しかいない。いやあ、世の中にはこんなに多くの人がいるんだね。


とにかく道なりに馬車は進んでいき、またびっくり。なんと広場の中心には小さいながらも噴水《ふんすい》が設置されていた。

「見て見て、ポムぅ、噴水、噴水だよう」

「あはは、嬢《じょう》ちゃんは初めてかい。一人で偉いね」

「はいっ」

他の乗り合いの人に話しかけられた。別に人見知りというわけではないけど、子供扱いだし、初めてだし、ちょっと恥《は》ずかしい。

どうせおのぼりさんですよ。

この国では十三歳で「一人前に仕事ができる」とされている。結婚《けっこん》できるのもこの年からだ。

お酒を飲んだり、一人前の大人として扱われるのは二十歳《はたち》からだけど、私だって立派な青年だもの。


一人でできるもん。

ポムだっているから大丈夫《だいじょうぶ》。

それなのにみんなみんな、私を子供扱いして、本当に恥ずかしい。

十三歳は立派なレディーなの。


馬車は噴水を回り込《こ》んだところにある駅馬車の建物前に到着《とうちゃく》して、解散になった。

さて、ここからは自分で行動しないといけない。

まず噴水に行って水筒《すいとう》にお水を補給するんだ。

えいしょ、えいしょ。

ちょっと噴水のお水を汲《く》むための場所が高かった。

背伸《せの》びをしてやっと届いた。

まだまだ私はちんちくりんだ。これぱかりはどうしようもない。

でもでも最近、ちょっと胸がついに成長してきて、膨《ふく》らみ始めてきたのだ。立派な女性になるんだ。


なんとかお水を汲めた。

すんすん。お水の匂《にお》いを嗅《か》いでみる。別に変な臭《にお》いもしないし、カビっぽくもなく、大丈夫そうだ。

意を決して飲んでみる。

「美味《おい》しい、冷たい。はぁ、生き返る」

王都のお水は大丈夫だ。これならポーションを作る際にも問題なさそうだ。

ここまで来る途中《とちゅう》、お水があまりよくない、ちょっと大きい町もあったので、警戒《けいかい》していたのだ。

王都でも水が悪かったらどうしようかと思った。

もちろん錬金術で濾過《ろか》するなど、精製水に錬成することもできるけど、コストが高くなってしまう。

必要な材料をすべて持ってきているわけではないので、元手がない今は精製はしたくなかったのだ。

お水美味しい、本当によかった。

お水を飲んで一服したら、行動開始だ。

馬車を乗り継《つ》いできたので、軍資金に乏《とぼ》しい。このままだと何日もしないうちにおまんまの食い上げだ。

大通りの横にある長細い公園みたいな場所がフリーマーケットになっていた。

さっそく一軒《けん》ずつ丁寧《ていねい》に見て回る。

「ポーションも売ってるね。でも……」

うん。なんか品質があまりよくないようだ。

フリマだから使用期限が近いものかと思ったけど、そうでもないみたいだし。

初心者さんの練習用の製品なのかな。


確かに薬草も売ってはいるけれど、低級というかちゃんとした薬草がない場合の代替《だいたい》用の草ばかり。


この薬草でもちゃんと処理をして、錬成すれば低級ではあるけれど、それなりのポーションになるはずなのに、フリマのポーションはどれも質が悪い。

「薬草ください。えっと、ここからここまで、全部」

「はいよ、まいどあり」

薬草の束を購入《こうにゅう》する。お値段はそんなに高くない。

この露店の薬草は今朝採れたばかりに見えるし、品質そのものはそれほど悪くなかった。

そうなんだ、悪いのはポーションにする処理の方法だと思う。

それから薬瓶《くすりびん》を購入する。ポーションを作って売るつもり。

空いているスペースを見つけ露店の場所を確保し、その場でポーションの作製をしよう。王都に来てから初めての錬成だ。ちょっと緊張する。

薬草をナイフで刻み、なるべく細かくなるようにしていく。鞄《かばん》から携帯《けいたい》用簡易錬金釜《れんきんがま》を出して、お水と薬草を投入する。

「気合い入れるよ！」

「きゅう、きゅぅ」

ポムも応援《おうえん》してくれるようだ。

棒でかき混ぜながら、錬金釜に魔力を注いでいく。

——魔力。不思議なあらゆる力の素《もと》だ。万人、万物に魔力はある。この魔力を使うことで魔道具や魔法という不思議な事象を発生させることもできる。ただし魔力量は人によって差がある。さらに有効活用できている人は十人に一人くらい。多くの人は魔道具のスイッチを起動する程度にしか使っていない。

錬金術師は魔力を操作し使うことに長《た》けている。

熱属性の魔力によりお水はお湯になり、薬草も溶《と》けだしてくる。

「ぐーるぐる。ぐーるぐる」

注意深く見ながら、かき混ぜる。

熱の魔力から、癒《い》やしの魔力に切り替《か》える。

ここからが正念場だ。

緑色だった薬液がほのかに青く発光している。

ぎゅぎゅっと癒やしの魔力を込める。

更《さら》にちょっと強く光った。これが完成の合図だ。

魔力を止めると光も収まる。


「できたぁ‼」

「きゅきゅぅ」

漏斗《ろうと》で試験管形の薬瓶に緑の透《す》き通ったポーション液を注いで、木の蓋《ふた》をすれば完成です。


ぱちぱち、ぱちぱち。

ふと周りを見れば、何人もの人が見学していて、一緒に褒《ほ》めてくれる。

かーっと恥ずかしくなってくる。まさかこんなに大勢に見られていたとは思わなかった。

「お嬢ちゃん、錬金術師なんだね。すごいね」

「よ、錬金術師様」

「お姉ちゃん、すごーい」

大人も子供もみんな絶賛だった。

「はい、ではポーションの販売《はんばい》をします」


「一本くれ」

「こっちにも一本」

「子供が調子悪くてね。二本ちょうだい」

「あ、すみません。ごめんなさい、一人ずつ順番にお願いします。はい並んで〜」

こうして見学していた人たちにポーションが売れていく。

これは基本的な低級ヒーリングポーション。

ポーションは液体の薬全般《ぜんぱん》を呼ぶこともあるし、代表してヒーリングポーションのことを指す場合も多くて、ちょっと紛《まぎ》らわしい。


そして厄介《やっかい》なのは使用期限だ。

ポーションはおおむね、十日前後ぐらいしか効果を保持できない。

水薬は往々にして足が早いんだ。

その代わりに、即効性《そっこうせい》があり、怪我《けが》も病気もすぐに治る。

ただし酷《ひど》い怪我にはそれなりのポーションでないと中途半端《ちゅうとはんぱ》な治療《ちりょう》になってしまう。

だから一般の人はあまりストックを持ったりしないで、必要なときだけ買いに来る。

それなのにあれよあれよと、売れていって完売してしまった。

「きゅう、きゅう」

ポムが残りの薬草の周りを飛び跳《は》ねている。

そこそこ売れて落ち着いてきたら追加を作ろうと思っていたのに、それどころじゃなかった。

「あ、ポム。お腹空《なかす》いたよね。いいよ食べて」

「きゅっ」

ポムが触手《しょくしゅ》を伸《の》ばして、薬草を食べ始める。

ポムは薬草ばかり食べているからか半透明《とうめい》の緑色だ。

それに対して、多くの一般的なスライムはくすんだ白かやや水色をしている。

ポムの半透明はかなり澄《す》んでいて、とても綺麗だ。


食べた薬草が体の中に入って見えている。しばらくするとこれが分解されて見えなくなるから不思議だったりする。

ポーションの値段はパンよりも高い相場だったので、そこそこ儲《もう》かった。

薬草は安いのにポーションは高い。だから錬金術師はかなり儲かる職業だろう。それなのにたくさんいないのは、魔力の問題なのだろうか。

最低限必要な錬金釜もそれなりのお値段がするから、適性もないのに買えるようなものじゃない。

錬金釜による魔力での錬成は、経験と勘《かん》がものを言う技術だ。

私は小さいころから仕込《しこ》まれたので、子供と侮《あなど》るなかれ、それなりのベテランなのだ。

錬金術師がだだ余りで、王都では駄目な職業とかではなくて安心した。

なんとかやっていけそうだ。今日の売り上げを持ってホクホク顔で宿を探す。

もう時間は夕方で、日も傾《かたむ》いている。もうすぐ暗くなる。

◇

宿は表通りの立派なところではなく、通りから二本路地に入った場所にある、こぢんまりとした『風精霊《せいれい》の宿り木亭《てい》』というところにした。

王都の相場はよく分からないけど、王都に来るまでに通過した町の宿よりもちょっと高い。

それなのに部屋は一人部屋だと、かなり狭く感じた。

大きな魔獣《まじゅう》とかだと一緒に泊《と》まれないけど、スライムくらいなら大丈夫だった。

ちなみに体内に魔石を持っている動物を魔物と呼び、その中でも獣型のものは魔獣と呼ばれて区別されていた。

パンとコンソメ風スープだけの質素なお夕飯をいただき、部屋で寝《ね》る。

ポムはベッドの上というか、私の上に乗っかって寝るのが好きみたい。

「いろいろあって疲《つか》れたね」

「きゅぅ、きゅ」

「そうだよね。では、おやすみなさい」

ロウソク代がもったいないので、完全に空が暗くなる前に寝るのがこの国では一般的だ。

節約、節約。それにロウソクの火で火事になるのも怖《こわ》いんだ。

はい、おやすみなさい。

ポムの重さもなんだか、心地《ここち》いい。昔よりちょっと太った、いや成長したみたいだね。


朝になった。早く寝るから朝は日が昇《のぼ》ってくると自然と目が覚める。もう習慣になっていた。

お兄ちゃんは朝が弱い人で、いつもぐずぐずしてたっけ。今となってはそんなことも懐《なつ》かしい思い出だ。

「おはよう、ポム」

「きゅぅ」

階段を下りて一階に行く。

「おはようございます」

「あらおはよう。よく眠《ねむ》れたかい？」

宿屋のおばさんだ。いやいや、お姉様かな。まだまだすごく若く見える。

「はい。おかげさまで。枕《まくら》も布団《ふとん》も気持ち良かったです」

「そうかい。朝ご飯はすぐ用意するけど、ちょっとだけ待っておくれ」

「はーい」

先に井戸《いど》に行き顔を洗ってこよう。井戸は実は地下で繋《つな》がっていて水道になっている。高さが低いので汲み上げるための井戸がついているんだ。

高度な錬金術を使えば、水道管と圧力で水を地上まで噴水みたいに持ち上げる技術もあるけれど、お値段もそれなりなので、王都全体をそういうふうにするのは無理な相談だろう。


まだ涼《すず》しい朝の井戸で、水を汲み上げて顔を洗った。

ポムも朝の水浴びをして、スッキリ快適だ。私は部屋で夕食後に水タオルで全身を拭《ふ》いたから、朝から水浴びはしない。

それに年頃《としごろ》の女の子が外で水浴びなんてはしたないし、第一恥ずかしいもん。


ポムはそういえば、男の子だろうか、それとも女の子なのだろうか。スライムに性別ってあるのかな。

どっちでもいいかな、友達《ともだち》には違いない。ポムのほうがどう思っているかは、かなり謎《なぞ》だった。

「ポムって男の子なの？　女の子？」

「きゅぅきゅぅきゅぅ」

「ん？　三回か。どっちでもないってことかな」

「きゅう」

「そっか、どっちでもないんだ、へぇ」

「ポムは雌雄《しゆう》同体だ。きっとそうだ。見たことはないけどウミウシという生物とかが雌雄同体なんだって。男の子と女の子、どっちでもあるんだよ。不思議だね。

おうちの本に書いてあったんだ。

手鏡を見ながら櫛《くし》で髪《かみ》の毛を梳《と》かしていく。

髪の色は金髪《きんぱつ》、首元までのセミロングだろうか。あんまり長すぎると手入れも大変だけど、女の子としてはそれなりに伸ばしたいのだ。

ちょっと癖《くせ》っ毛で天然のウェーブが掛《か》かっている。

目は水色、いわゆる碧眼《へきがん》だと思う。

ついでに耳を見ると一般的人族より気持ち少し長くて尖《とが》っている。うちの家系はどうもご先祖様にエルフがいたんだって。

「ちょっとだけエルフ、なんだよね……」

「きゅっ」

手鏡は自作品。平面で反射率の高い綺麗な鏡は錬金術師の得意分野だ。鍛冶屋《かじや》ではこうはいかない。櫛ももちろん自作品。

どちらもシンプルで装飾《そうしょく》とかはないけれど、フリマを見た感じ、王都で買うとかなりの金額になりそうだった。

王都では手工業が発達しているなら、それを避《さ》けて薬屋をしたほうがいいけど、発達していないなら、こういう美容関連商品とかの生産をしてもいいかもしれない。ただそういうのを作るには、それなりの設備や器具が必要だった。

櫛はヤスリとノコギリみたいなものが必要だけど、ノコギリは持っていない。ヤスリは持ってきていた。

鏡を作るには、携帯用でもいいけど炉《ろ》がいる。さすがに持っていない。

手鏡は三つ持ってきている。全部自作品で売れ残りだ。村では需要《じゅよう》が一巡《いちじゅん》してしまうと、もう誰《だれ》も買ってくれない、ということがたびたび起こる。

でも作るのは好きだし、一度にいくつも作ったほうが効率もいいし、たくさん作った後半のほうが慣れてきて品質の高いものができるというのもある。

朝ご飯を食べよう。ポムはテーブルの下でお留守番だ。

朝食はパンとスープ、昨日の夜と一緒だった。昨日の余りかもしれない。

パンもスープも普通に美味しいけど、道中の宿では、ここよりも美味しいご飯を出すところもあったので、もしかしたらハズレだったのかな。

とりあえず朝から今日も露店を開こう。活動開始だ。

お金はあまりない。でも宿屋とご飯を節約しているから、昨日くらいの売り上げでも、なんとか黒字で最低限の生活ならできる。

ただ、せっかく王都に来たんだから、綺麗でかわいいふりふりの服、ワンピースやスカートとかも欲《ほ》しい。

これからの時期、夏だけど、それを越《こ》えたら秋、そして冬にもなる。

一応、冬服も一式持っているものの、田舎臭《くさ》いダサいのしか持っていなかった。

田舎村では若い子向けの服なんて仕入れていなくて、ご婦人方と同じセンスの服ばかり。しかも色もデザインも少なくて、という感じでとても残念だったから、王都では張り切りたい。

女の子である以上は服装くらいは拘《こだわ》りたいもの。

そして服はそれなりに値段が高いので、お金欲しい。

ということで朝からフリーマーケットの露店を見て歩く。

昨日と同じ人が同じ場所のところもある。でもその隣《となり》は昨日と違ったりしていて入れ替わりがあるみたい。

昨日は午後に到着してその後に露店を出したけど、あまり売る時間もなかったから、売り上げも少なかった。

「あ、この薬草いいですか、えっとこれとこれとこれ、ください」

「はいよ、毎度あり」

見ていたらちょっと品質高めの薬草を見つけたので買っていく。

なんというかシャキシャキしていて、シナシナしていないのが新鮮《しんせん》でいい薬草だと思う。

品質は落ちちゃうけど、ちゃんと乾燥《かんそう》させた乾燥薬草も種類としてはある。

生ポーションは十日しか持たないから、乾燥薬草を持ち歩いたり、民間療法《りょうほう》としてポーションにしないでそのまま粉にして飲んだりと、使い方もさまざまだ。

「ああ、これ、ミルル草の実ですよね」

「そうだよ」

「あるだけください」

「え、全部かい？　買ってくれるのはうれしいけど、そんなに何に使うんだい？」

「えへへ、モリス草のポーションに少量加えると薬効が高まるんです」

「へぇ」

薬瓶も買って、ミルル草の実を買ったらもう持ち金はほぼ空っぽになった。

でもミルル草の実は昨日は売ってなかったし、他でも見なかったから、たぶんこの辺ではちょっと珍《めずら》しいのかもしれない。

錬金術の材料を教えてしまうのはよくないと思うかもしれない。でもミルル草の実を入れて錬金するのは、それなりに魔力の入れ方が難しくなってしまうため、材料だけ知っていても意味がないので、大丈夫。

簡単に真似《まね》されてしまうとしても、むしろもっとポーションを安く売れるようになると思うので、そのほうが世の中のためだ。そうしたら私は別の製品を作る仕事をすると思うんだ。


今日も空き場所で露店を確保して、錬金釜を取り出す。

リュックサックは持ち歩いている。ただし持ってきた植木鉢《うえきばち》は邪魔《じゃま》なので宿屋に置いてきてある。

代替薬草のモリス草を細かく刻んで水と一緒に錬金釜へ。ここは昨日と一緒だ。

「ぐるぐーる、ぐーるぐる、なんですよぅ」

私は錬金釜で薬品を混ぜて反応させる工程が好きだ。たまに材料とは全く違うものができる組み合わせもあって、神秘的だし、とっても不思議で興味深い。

緑の薬草ジュースができたら、今日はミルでミルル草の実をすり潰《つぶ》して加える。

更にひと煮立《にた》ちしたら、前半は終了《しゅうりょう》。あとは癒やしの魔力を込めて完成だ。

発光するポーション液は、幻想《げんそう》的だ。


「はい、完成です」

「わーすごーい」

「ほう、なかなかの手際《てぎわ》だったな」

今日も見学している人がたくさんいて、人だかりができていた。

まだ恥ずかしいけど、外で作っている以上、隠《かく》れようもない。

それに昨日、実演販売は集客効果が高いことも分かったので、今日もワザと目立っているみたいで恥ずかしくて柄《がら》じゃないけど、でも背に腹は代えられないもの。

午前中の販売は順調に進んだ。

みんな作製途中を見ているので、ただの「薬草水」とは違うことを理解してくれている。

薬液をポーション瓶に移し替える作業をするそばから、ポーションが売れていく。

基本的に試験管形の薬瓶に一杯《ぱい》分が適量だ。少なく感じるかもしれないけど、エキスが濃縮《のうしゅく》されているうえに癒やしの魔力の増幅《ぞうふく》効果で、軽い怪我くらいなら十分な効果が出るはず。


なんとか午前中の実演販売を終わらせて、客が捌けたところで、お昼休憩《きゅうけい》にする。

朝は買い物のあと、お昼を買う代金もぎりぎりだったから、全く自転車操業もいいところだ。

露店で食べ物を探して購入した。

今日はレタスとトマトのサンドイッチだ。二つ買って一つをポムに分ける。

「ポム美味しい？」

「きゅっ」

「そう、よかったね」

トマトの塩気やレタスの葉っぱが美味しい。これは当たりだった。

ちょっと奮発したけど、よかったね。

「トマト美味しい、これなら毎日でも食べたいね」

自転車操業はまだまだ続く。宿代は今日の分は確保したけど、もし明日雨で露店が開けないと、宿代も足りなくなる。困る。


貧乏暇《びんぼうひま》なし。あくせく働くぞっと。

残っている薬草をまた錬金釜でポーションに錬成する。

またまたお客さんが集まってきて見てくれる。

その中の一人に左手を怪我している人がいた。

傷があり、周りが赤く腫《は》れていた。

「ポーション一つください」

「はい、どうぞ」

受け取った人は、さっそく目の前でポーションを使い始める。

まず少量を飲み、残りを傷がある左手に掛けていく。

「うっ、ちょっと染《し》みるな」

そしてじっと見ていると、ぎりぎり分かるくらいの速さで腫れが引いてきて傷も塞《ふさ》がりだした。

「なんだこのポーション、めっちゃ効く。おいみんな俺《おれ》の左手見てくれよ」

「あの傷がもう引いていくなんて……」

「すごい効き目じゃあないか。市販品《しはんひん》と全く違う。もっとゆっくり効くものだろ」

「たった一本のポーションでこんだけ効けば、お得だよ。まる儲けさあ。この効き目でこの値段。信じられない。超《ちょう》お買い得だあ」

あわわわわ。作製の実演販売はしてたけど、効き目を確かめる実演販売はしてなかったのに、勝手にしてくれた。


さすがに売れまくり、というわけにはいかないけど、必要な人は買っていってくれた。

十日しか持たないから、常備薬みたいに買うのはかなりもったいない。

これだけ効果が実証されたら売れるだろうと思う。少なくとも今見ていた人とその人から話を聞いた人は分かってくれる。

でもその他大勢に、すぐに噂《うわさ》が広まっていうほど狭い世界ではないので、ものすごく有名になって、みたいなことは起こらないのだった。

まあそうだよね。ここはハシユリ村じゃないし。


でも話を聞いた限り、このフリマで売られている質の悪いポーションだけでなく、お店とかで普通に売られている正規品でも、あまり回復効果が高くないっぽいという感じだったのは、とても気になるところだ。

もしかして王都ではポーション作製の技術が高くないのでは？

疑惑《ぎわく》は深まるばかりだ。

私が王都で売っているポーションが安いって言っても、村の安いポーションと違い、周りの露店に合わせた王都価格だから、私からしたらやや高いくらいに思う。

村の気分のまま売っていたら、めちゃくちゃ安くて効きまくる怪《あや》しすぎるポーションになるところだった。セーフ。


人も入れ替わり、私のポーションの効果を知る人がいなくなったし、在庫も残り数個になったので、午後二回目の実演販売をやろうと思う。

「午後二回目の、ポーション作製の実演販売をいたします」

誰が聞いているでもないのに、一応開始のアナウンスをしてみる。

なんだろうと思ってこっちを見る人に赤面しつつ、周りのことは気にしちゃ駄目だ、と自分に言い聞かせて作業に集中する。


まずは薬草をナイフで細かく切るところからだ。

後の作業は前回と一緒なので、ぱぱっと混ぜて煮《に》てミルル草の実を入れて、ひと煮立ちさせて、癒やしの魔力を浸透《しんとう》させて発光したら、魔力を止めて完成。

完成するともちろん発光は止まってしまう。

ずっと発光していたら面白《おもしろ》いし、ポーションだと一発で分かるんだけど、そこまで便利にはできていないもよう。

「すごいすごい」

「なるほど、こうやって作るんだな」

「錬金術師様だ。なんでこんな露店でやってるんだろう」

感想はさまざまだけど、全体的には好意的だ。かなりうれしい。

こう、なんというかみんなに認められているみたいで。

まあ後はずっと一緒なので、以下略。

本日は三回目もやって、そこそこの売り上げになりました。


風精霊の宿り木亭に帰って夕ご飯を食べた。

昨日とは違うトマトベースのスープだった。とっても美味しい。

「あ、このスープ美味しい」

トマトはなんだかんだ言って好きだったりする。

うん、今朝はこの宿はハズレかなって思ったけど、たまたま昨晩のスープが普通だっただけで、別段悪いわけではないかもしれない。


そして翌日も普通に薬草と薬瓶を買ってきて、お水を噴水で汲んで、ポーションを錬成して売る。

実演販売は続行だ。ちょっと恥ずかしいけど、それはしかたがないと諦《あきら》めよう。一日結構販売したからお金もそれなりに貯《た》まってきた。王都のポーション価格が高めなのがうれしい誤算かもしれない。

少しお試《ため》しで、フリマのその辺の人に他の宿の聞き込み調査をしてみた。

そうしたらなんと、今泊まっている風精霊のところが一番人気だった。

経験は重要なので一度宿に戻り、部屋に置いてある鉢植《はちう》えを回収する。

そして『水鳥のもふもふ巣亭』という宿に泊まってみることにした。


「お嬢さん、こんにちは。何泊《ぱく》していくかい？」

「えっと、とりあえずなので、一泊でいいですか」

「もちろん一泊からでも全然問題ないよ。では二階のお部屋へどうぞ」

外観は風精霊よりは立派だけど、内装はむしろ質素だ。若干《じやっかん》、隙間風《すきまかぜ》が入ってきそうなぐらい。

古いのだろうか。

顔を引きつらせつつ、二階へ進む。

鍵《かぎ》を開けて個室の中へ入る。値段は風精霊よりもちょっと高い。銀貨六枚だった。

「うっ、覚悟《かくご》してたけど、やっぱり狭いね」

「きゅっきゅっ」

ポムもポンポン跳ねているけど、ちょっと窮屈《きゅうくつ》そうだ。部屋が風精霊よりも狭い。そして天井《てんじょう》が低い。薄《うす》くほこりも積もっている。

「まあ、しょうがないよね。贅沢《ぜいたく》は敵だ。貧乏暇なし、あくせく働く！」

いつもの標語を言って、そういうことにする。


というか部屋が狭いだけでなく、ベッドや枕も固い。中身が違う。

これは安い宿とか特有の干し草を詰《つ》めたものだ。別に干し草が悪いということではないけど、風精霊のお宿ではワタの枕だったので、サービスの品質が違うと思う。個室でこの品質は、ちょっとよろしくないと思う。

「やっぱり風精霊さんのほうがよかったみたいだね」

「きゅっ」

ポムもそれには同意してくれているらしい。

夕ご飯を食べに一階に下りて、食事をいただく。

「いただきます」

えっと黒パンにスープのみ。まだ飲めないけどお酒、お肉とかは別料金だ。

宿泊とセットの食事は質素そのもの。

ほとんど透明なスープをスプーンですくって飲んでみる。

「う、うん？……」

塩味はするけどそれだけ。なんか旨味《うまみ》とか野菜の出汁《だし》とかが足りない。具もあんまり入っていない。干し肉を戻したものが入っているけど、スジとかも入ってて固い。

「きっと新鮮な薬草のほうが美味しいと思うよ。ポムはこれがご飯でなくてよかったね。きっと新鮮な薬草のほうが美味しいと思うよ。

「きゅきゅ」

残念な食事を済ませて部屋へ戻った。

「とにかく今日はここで寝るしかないもんね。おやすみなさい」

ポムとともに就寝《しゅうしん》する。

翌朝、起きて準備をして、そして朝ご飯も食べたけどあまり美味しくなかった。何が悪いかははっきり言えないいんだけど、とにかく美味しくはない。

なんだろう。ちょっと改良するだけで全然違うんだろうけど、うーんとえーと。そうだ、胡椒《こしょう》だ。胡椒はちょっと高いんだけど、それが全く入っていない。胡椒をけちると、味がいまいちなのだ。

本当に少しの違いではあるけど、塩だけスープはもう少し頑張《がんば》ってほしい。

植木鉢を含《ふく》むすべての荷物を背負って、宿を出る。ここなら風精霊でお世話になったほうがずっと快適だと判明した。

なあに。何事も経験だよ、ミレーユ君、と誰かに言われそうだ。

あはは。そうですよね。不味《まず》いご飯も経験ですよね。

2章　商業ギルドの勧誘《かんゆう》だよ

風精霊《せいれい》の宿り木亭《てい》に戻《もど》ってきてから一週間が経《た》った。
あ、ちなみに一週間は七日間だ。
なんでも創世神様が世界を六日で作り一日お休みをしたんだって。
でもなぜかカレンダーでは休みの日が週の初めになっている。
休みの日は日曜日という。

そんなこんなで毎日同じ場所で露店《ろてん》を開くようになった。
知る人ぞ知る、ミレーユ低級ポーション店だった。
ほとんどの客人は新規さんたち。
でも数人、毎日のように顔を出してくれる人もいる。

まだこの低級ポーション一種類しか出していない。
でも今日から新商品を出す予定でいる。
だから露店をくまなく見て回って、商品の品定めをする。
一度見て通過した露店に戻ってきた。

「あっあのっ！　このスライムの干物、えっと五つください」

「はいよ」

日干しでカラカラになったスライムを購入《こうにゅう》する。

半透明《とうめい》で白色の普通《ふつう》のスライムだ。

ポムにはちょっと悪い気がするけど、他に適材がないので、しょうがない。

ポーションの実演販売《はんばい》をすると人が集まってきて対応が面倒《めんどう》なので、先に新商品をひっそりと作ろうと思う。

こそこそして錬金釜《れんきんがま》に向かい合う。

薬草を細かくするのは同じ。それにスライムの干物を砕《くだ》いて細かくしてから投入する。

そして水を入れないで魔力《まりょく》で加熱する。

生の薬草なので少し水が出てくるので、薬草とスライムの混合物を練っていく。

「ねるねる～ね～るねる～」

だいたい混ざったら物理処理は完了《かんりょう》。あとは癒《い》やしの魔力を込《こ》めるだけだ。

魔力を込めるとやはり光り出す。

最後に限界まで魔力を込めたら、強く光るので、魔力を止める。

そうすると光が収まって、ほぼ完成です。

あとは練った塊《かたまり》をちぎって、一口サイズに丸めていく。

全部丸め終わったら、また錬金釜に戻して加熱処理して乾燥《かんそう》させる。

「はいできました。練り薬草、完成です」

途中《とちゅう》見ていた人もいたけど、ポーションじゃないからか注目度はそれほど高くはない。

でもこの練り薬草、便利なのだ。


「これはなんだい？」

おじいさんが質問をしてくれる。

説明するのにちょうどいいので、私はよろこんでそれに答える。

「これはですね『練り薬草』です。ポーションほどすぐには効かないんですけど、なんと約半年間、ポーションのような回復効果のあるお薬なんです。乾燥しているポーションみたいなものですね。怪《け》我《が》には即効性《そっこうせい》がないのでいまいちなんですけど、風邪《かぜ》とか病気にいいんですよ。常備薬にもなります」

はっと気が付いて、おそらく赤くなっている自分を意識してちょっと恥《は》ずかしくなる。

オタク特有の早口で効果を説明してしまった。

「ふむ。なるほどのう。じゃあ、えっと三つくださいな。おいくらかな」

「えっと三つで銅貨九枚です」

「ほほほ、ポーションより安いんじゃな」

「あ、はい。一個あたりの薬草の使用量が少ないので」

「なるほど、なるほど」

おじいさんは優《やさ》しく相手をしてくれたし、説明も納得《なっとく》してくれたみたいだったので、よかった。

次は落ち着いて説明できるように、気を付けよう。

他にも二人ほど買ってくれる人がいたけど、すぐには次の人は来なかったので、いつもの実演販売をしてポーションも作っていた。

ポーションもぼちぼちという感じで、売れていった。


そしてお昼を挟《はさ》んだ、午後。

名前は知らないけど、茶髪《ちゃぱつ》ロングの綺麗《きれい》なお姉さんが今日も来てくれていた。

「いつもありがとうございます。今日もポーションですか？」

「まあね。それからそれ、なんだい？」

「練り薬草ですか？」

「練り薬草ね。ほう、珍《めずら》しいもの出してるじゃないか」

「練り薬草ご存じですか？」

「ええまあ。でも王都で一般《いっぱん》的な練り薬草は魔力の効率が悪いとして、あまり作ってくれる錬金術師がいなくてね。あまり知られていないんだ」

「へえ」

あれおかしい。私の作る練り薬草は魔力の効率はポーションと大差ないと思うんだけど。でもなんか不安なので、文句を言ってもしょうがないし、黙《だま》っておこう。


茶髪ロングのお姉さんがポーションと練り薬草を購入してくれた。

「ねえ、あのさ」

「はい。なんでしょう？」

おもむろに切り出されるとなんだろう。

「こんな露店で錬金術師様が実演販売していて前から疑問だったんだけど、なんで？」

ずばりお姉さんは言う。

「え、あ、あの。その」

「言いにくいことかい？　なんなら向こうのカフェで話をしてもいいよ。もちろん露店の売り上げ減少の補填《ほてん》と手間賃は出すけど」

「あ、いえ、大丈夫《だいじょうぶ》です」

別にそういうことではない。ちょっとこういう話をしたことがなくて、慣れていないから焦《あせ》ってしまった。

「あの、田舎《いなか》から出てきて、ハシユリ村っていうんですけど」

「知らない村だな」

「そうですよね。それでまだ出てきたばかりでお金も何もないもので、えへへ」

「あーそういうことか。完全に理解した」

お姉さんはなにやら考えるポーズを取っていた。

「じゃあこうしよう。あなたを私は勧誘します」

「はあ、勧誘ですか？」

「そう勧誘。具体的にはホーランド商業ギルドへ加入してください。加入してくれれば、賃貸物件をご融資《ゆうし》します。頭金なしでお店が手に入ります」

「え、ちょ、ちょっと待ってください」

「ええ。悪い話ではないと思います。じっくり考えてください」

露店の前で考える。賃貸の物件を頭金なしで貸してくれる。

ふむ。悪くないよね。何か罠《わな》とかではないだろうか。


「お嬢《じょう》さんたち。ちょっと、その話。待っていただけませんか？」

今度は老紳士《しんし》が話しかけてきた。あ、この人も数日前から来る常連さんだ。

「あ、はい」

「その人の話を聞いてはいけません。この老紳士は変態なんです」

「何勝手に人のことを。ワシは変態なんかじゃないぞ」

「いえ、小さくて若い女の子を何人もメイドとして雇《やと》って、そして大きくなると他の業者に紹介《しょうかい》して屋敷《やしき》から追い出すという。少女に目がないヤバい人なんですよ」

「そんな、そんなこと、ないに決まっています。決めつけだ。そんなこと」

「すみません。よく分からないので、そういうのは向こうでやってくれませんか？　営業妨害《ぼうがい》ですよ」

「あいや、すまん」

「すみません」

老紳士もお姉さんも話は分かるらしく一度黙る。

「それでおじいさんは誰《だれ》です？　というかお姉さんも誰なんでしょうか。ちなみに私はミレーユ・バリスタットです」

「ああ、私はメイラ・ホーランド。ホーランド商業ギルドの副会長だ」

「ワシはボロラン・ロッドギン。メホリック商業ギルドのナンバースリーです」

「なるほど、つまり」

二人の所属を聞いて、私は頭を回転させる。

「つまりですよ。ホーランド商業ギルドとメホリック商業ギルドが私を勧誘に来て、カチ合ったということで、よろしいですか？」

「はい、そうなりますね。遺憾《いかん》ながら」

「その通りですじゃ。機会はワシらにも平等にあるべきはずです」

まあ平等は確かに大切だよね。

「分かりました。きっと長い付き合いになりますよね、ちなみに両方に加盟するというのは」

「もちろん、なしですよ」

「なしに決まっておろう」

「ですよね。ふむふむ」

はあ、と一度ため息をついて、考える。


「一週間ください。両方のギルドを自分で調査します。その結果、どちらかに加盟するというのでどうでしょう。両者裏で手を回すのはなしです。結果に文句付けるのもなしです。いかがでしょう」

「若いのにしっかりしているな。よいでしょう」

「全くじゃわい。是非《ぜひ》うちに欲《ほ》しい。異論はない」

「ではいいですね。一週間後。また二人で『仲良く』来てください」

「分かりました。では今日のところは失礼します。ミレーユちゃん」

「では、こちらも失礼します。ではミレーユ嬢」

二人はその後も、小突《こづ》きあいをしながら『仲良く』去っていった。


「はぁ、なんなんあれ」

「きゅきゅ」

「私を癒やしてくれるのは、ポムだけだねぇ」

「きゅきゅ」

ポムを抱《だ》き上げて、両手で持ってぽんぽんする。

はあ癒やされる。この絶妙《ぜつみょう》な柔《やわ》らかい感触《かんしょく》。何物にも代えがたい気持ちよさがある。

ぽむぽむぅ。


ホーランド商業ギルドとメホリック商業ギルドについて調査しよう。

露店はこの一週間の利益がそれなりに貯《た》まったので、一応大丈夫。

露店を閉めて、いざゆかん。

あてもなく聞き回るということもできるけど、できれば噂話《うわさばなし》よりも信用度の高い情報を得たい。

「やっぱりあそこしかないよね、ポムポム」

「きゅっ」

ポムの同意を得られたので問題のあそこを探しに行く。

その辺の人を掴《つか》まえて聞いてみたら場所はすぐに分かった。噴水《ふんすい》の真ん前だ。

剣《けん》と盾《たて》の意匠《いしょう》、冒険者《ぼうけんしゃ》ギルドだ。辺境の村、ハシユリ村にも冒険者ギルド支部があるのでお馴染《なじ》みだった。

もっとも職員は支部長と受付の二人しかいなかったけど。

さすが王都の冒険者ギルド、デカい。

さぞ多くの冒険者と依頼《いらい》でてんやわんやかなと入ってみたけれど、中は意外なことにそれほど混んでいなくてまったりしている。


そっか。ここは王都。魔物《まもの》の森もダンジョンもなく、薬草も畑で栽培《さいばい》している。

そもそも王都では冒険者の本業といえるような依頼がほとんどないようだ。

その代わり雑用依頼とかが壁《かべ》の依頼ボードにたくさん貼《は》られていて、冒険者とは名ばかりの若い子たちがチェックしていた。

剣と盾の冒険者はここにはほとんどいない。


すいてる受付に直行する。

「すみません。商業ギルドについて伺《うかが》いたいんですけど」

「ここは冒険者ギルドですけど……」

「分かってます。商業ギルドの一般的な情報が知りたくて、実は――」

私はこちらの状況《じょうきょう》をかいつまんで説明した。


この王都には二つの商業ギルドが存在している。

それがホーランドとメホリックだ。

元々は名前のない一つの商業ギルドだったという。

しかし内紛《ないふん》による内紛を重ね、ついにホーランド商業ギルドが分離《ぶんり》独立した。

古くからあるほうはこれに対抗《たいこう》してメホリック商業ギルドと名乗っている。

メホリック商業ギルドは、元からあるギルドなので比較《ひかく》して大きい。特に商人、商店、旅商人が多く在籍《ざいせき》しているという。

ホーランド商業ギルドは主に職人たちが旗揚《はたあ》げしたため、鍛冶屋《かじや》、パン屋、錬金術師、裁縫屋《さいほう》などが多い。また職人と近い専門店系の商店の加盟者が多い。

ホーランドは新興ギルドであり、父親のホーランド会長と副会長のまだ若い娘《むすめ》が主に指揮をとって、ギルドを牽引《けんいん》している。

それに対してメホリックは伝統的な古い家が集まってギルドを運営している。ただ凝《こ》り固まった古い考えが嫌《いや》で、若い人などは近年ホーランドに移籍《いせき》する人が続出しているそうだ。

それでもメホリックのほうがギルドが大きいぶん声も大きい。影響力《えいきょうりょく》はメホリック優勢だった。

どちらもギルドが二つに分裂《ぶんれつ》した結果、自分たちの地位が低下することに危機感を持っており、貴族側へはどちらの意見も平等に取り扱《あつか》うように、という対外声明を出していた。

両ギルドの現在の地位は、対外的には平等ということになっている。

「なるほど、分かりました」

「ご利用ありがとうございました。冒険者ギルド会員ですか」

「はい」

身分証明書カードを提出する。これは王都に入るときに門で出したのと同じカードだ。

身分証明書カードは、各ギルドでのギルドカードを兼用《けんよう》している。そのぶんなくしたら大変だ。

「はい確かに。では情報料、銀貨一枚となります」

「ですよね。分かりました」

お金を取るんだな、と思いつつ、素直《すなお》に従う。

冒険者も商人も情報は命だ。ここも商売なので、当然仕事をしたらお金が必要だ。

正確な情報に対して、対価は必要だろう。

一日の稼《かせ》ぎは材料費を引く前で銀貨二十四枚ほど。

ここから宿代が一日銀貨五枚。それから昼食が銅貨五枚。ちなみに黒パンが銅貨三枚。

銅貨十枚で銀貨一枚。銀貨百枚で金貨一枚になる。銀貨一枚なら安い方だろう。


「はあ、次はどっちにしようか?」

「きゅきゅ」

「そうだよね。ポムに聞いても分かんないよね」

「きゅっ」

さてホーランド商業ギルドに先に行くか、メホリック商業ギルドに行くか。

うーん。先に話しかけてくれたのはホーランドだったし、先に行ってみるか。

「すみません。そういえば、ホーランド商業ギルドってどこですか？」

冒険者ギルドの受付でついでに聞いてみる。

南大通りを行った南中央広場前だそうだ。

ということで、次はホーランド商業ギルド本部へ行ってみよう。

南大通りを真《ま》っ直《す》ぐ行って、途中にある広場、南中央広場で立ち止まる。

確かこの真正面にあるはずだけど、と見回してみたら、ホーランドと看板が出ている新しい建物があった。

石組みで二階建てだ。そして屋根の上に草が生えている。よく見ると全部薬草だ。

「すごいね」

「きゅっきゅっ」

ポムも薬草には興味がありそうだ。上を眺《なが》めていた。

「よし、頑張《がんば》るぞい。いざ、まいりませ。ホーランド商業ギルドへ」

「きゅきゅっきゅ」

ポムまで気合い十分のようだ。

正面入り口の前まで行き、外で立っている御用聞《ごようき》きの人を見上げる。

「あのぅ、す、すみません……」

「なんだいお嬢さん？　お使いかい？」

「いえ、メイラ・ホーランドさんにお話を伺いたくて、私はえっと、ミレーユ・バリスタットで、ですぅ」

「あぁ、あなたが。錬金術師の。伺っております。アポイントはありますか？」

「いえ、そっか予約が必要なんですね」

「はい。ですが予約を取るために予約が必要だと困ってしまいますから、空き時間は大丈夫でございますよ。今、確認《かくにん》してまいりましょう」

店番のお兄さんは笑顔《えがお》で中に確認してくれる。

すぐにメイラさんが飛んできた。

「やあやあ、こんにちはミレーユちゃん。まさか今日中に会いに来てくれるとは、私は好かれているのかな」

「あえ、あの、早いほうがいいかなって思って。ました」

「そんなに緊張《きんちょう》しなくても取って食べたりしないから、大丈夫だよ」

「はいっ」


中に案内してくれた。

商業ギルドの正面はいろいろな商品が置かれていた。ここはただの商業ギルドではなく、ホーランド商会を兼《か》ねているらしい。

奥《おく》に入っていき、階段を上がり、二階の応接室に到着《とうちゃく》した。

高そうな絨毯《じゅうたん》。調度品。よく分からない壁の絵。

テーブルを挟んで豪華《ごうか》なふわふわソファーに座《すわ》る。

「ちょっと待っててね。今、東国産の紅茶というものを出すから」

「は、はいっひっ」

ああ、ひって言っちゃった。


あ、め、めめ、メイドさんだ。初めて見るけど、なんかふりふりのかわいい服にエプロンドレスだった。

大きなおっぱいを強調するみたいな変わった服を着ている。

手にはトレイの上にカップとソーサー、ティーポットを持っている。

「きゅっきゅっ」

ポムが反応している。メイドさんが好きなのかな。

私、ポム、そしてメイラさんの前にカップを置くとポットから紅茶を注《つ》いで回る。

紅茶というものからすごくいい匂《にお》いが部屋中に漂《ただよ》っている。

「紅茶は初めて？　お砂糖とミルクがあるからお好みでどうぞ。まずはそのまま飲んでみてもいいと思うよ。あ、熱いから気を付けて」

「ひゃい」

少し冷めるまで待とう。別に猫舌《ねこじた》じゃないけど、湯気が立ってるし熱そうだ。

メイラさんはカップを持ち上げて匂いだけ嗅《か》いでいたので、真似《まね》をしてみる。

ああ、紅茶、いい匂い。

これはポーションにも応用が利《き》きそうだ。例えば紅茶味のポーションにするとか。ポーション以外では入浴剤《にゅうよくざい》にしたり、芳香剤《ほうこうざい》なんかにしてもいいと思う。

「この紅茶の商品の応用がなかなか難儀《なんぎ》していてね」

「ははぁ」

「こうして飲むだけというのも芸がないだろう」

「そうですね」

「何かアイディアはあるかい？」

「はい。お風呂《ふろ》に入れる。芳香剤にする。それからパンに練り込んだりするといいかなって、思います」

「なるほど。お風呂はあまり需要《じゅよう》がないが貴族連中は好きそうだ。パンもいいね。今度作らせてみよう」

「あ、どうも」

紅茶の話は一応、雑談だったようで本題に入った。

ギルド加入への特約は前話した通り、本来必要な前金一切《いっさい》なし、家賃後払《あとばら》いでお店を貸してくれる。

「それでお願いなんですけど、できれば王都内で持ってきた種とかで薬草園を作りたいんです」

「ほほう、それでなんという薬草かな」

持ってきた薬草の名前を言っていく。

「んー。あはは。知らない薬草ばかりだな。まいったまいった。これでも錬金術師並みに関連商品には詳《くわ》しい自信があったのにお手上げだよ、全く」

「なんか、すみません」

「何を謝《あやま》っているんだい。ミレーユちゃんは何も悪くないではないか」

「そ、そうですね」

「謙遜《けんそん》するのは美徳ではあるけど、商談では負けを認めたことになるから、不要なときは謝らないほうがいいよ」

「そうなんですね」

「ああ。それで薬草園か、前向きに探してみるよ」

「ここの上にもありますよね」

「ああ、城壁《じょうへき》内は狭《せま》いといっても畑くらいはあるんだけど、まあ親父《おやじ》の趣味《しゅみ》だね、ここの上のは」

「なるほど。見せてもらってもいいですか?」

「もちろん」

席を立ち、階段に向かい上がる。

屋上に出るドアを開けると一面、薬草園になっていた。

この商業ギルドの建物は結構大きいので、畑も思ったよりずっと広い。

ポムがうれしそうにポンポン飛び跳《は》ねていた。

「そちらのスライムは随分《ずいぶん》楽しそうだな」

「あの、ポムは薬草を食べるのが大好きなんです、そ、それで、えへへ」

「構わんよ。ポム君が食べるくらいならいくらでも食べていい」

「よかったねポム。食べていいって」

「きゅっ」

畑の中に突撃《とつげき》していって夢中になって薬草をむしゃむしゃしだした。

なんだか最初に会ったときみたいで、微笑《ほほえ》ましい。それに懐《なつ》かしい。

「薬草を食べるスライムか。珍しいな」

「そうなんですか？」

「ああ、テイムしたスライムはよく見かけるが、ほとんどは雑食性だな」

「ポムも一応、雑食性ですよ」

「そうなのか……薬草を食べるスライムは初めて見る」

「ほほう」

それにしても畑は広いんだけどね。植わっている草が代替《だいたい》薬草のモリス草しかない。王都では薬草といったらずばりコレだけど、でももっと効果が高くて育てられる薬草だってあるはずだ。

土をチェックしてみる。

栄養は及第点《きゅうだいてん》だけど、それはここが普通の花畑だったらの場合だ。

魔素《まそ》が足りてない。魔素が弱いと薬草としての効果がかなり弱くなるようだし。

魔力の素《もと》と言われる魔素はあらゆるところに漂っているけど、街の中ではどうしても弱まるのは避《さ》けられない。

モリス草は露店でも売っているくらいだから、余り気味ではないだろうか。

それよりは増幅剤《ぞうふくざい》のミルル草のほうが、栽培するなら向いていると思う。

ミルル草も少ない土でも育つから。根っこが大根タイプではなく、細い根が横に広がるように伸《の》びるからちょうどいいはず。

「なるほどな、ミルル草か」

「はい。おすすめです」

「しかしだよ」

「はい」

「うちのお抱《かか》え錬金術師たちはミルル草の実の増幅剤の入ったポーションを作れるのかい？」

「う。えっと修業《しゅぎょう》してコツを掴んだら、たぶん」

「ならすぐには無理だな。まあ一割ほど試験栽培してみよう」

「はい。それくらいが最初はいいかもしれませんね」

栽培時期をずらして植えてあり、ここの薬草園は一年中安定して採れるように調整しているそうだ。

もちろん外からもモリス草は買っているけれど、ここの薬草園があるから、最低限度は確保することができる。

たとえライバルのメホリック商業ギルドが市場の薬草を買い占《し》めても、ここの薬草があるから意味がないのだ。

そういう保険的な意味合いが強いと説明してくれた。


「いろいろ大変なんですね」

「ああ、まあね」

「でもなんでそんなに薬草に力を入れているんですか」

「うちはね、元々薬草の卸問屋《おろしどんや》だったんだ」

「なるほど」

「まあそれもだいぶ昔のことだけど、それで今もこうして薬草の管理にはうるさいってわけ」

「ふむふむ」

　商売にもそのお店の歴史っていうのがあるんだね。

「どうだろう。これが私たちのホーランド商業ギルドだ。薬草卸問屋と錬金術師、悪くない組み合わせだと思う。ギルドの力は実際には少し弱いが、これから強くなるはずだ。いや一緒《いっしょ》にギルドを強くしていかないか」

「はい。でも、一応公平にって話なので、明日はメホリック商業ギルドを訪ねてみます」

「そっか、いい返事を期待しているね」

「期待に沿えるかは、まだ分かりません」

「正直なところも好きだよ」

「そんな」

「うふふ」

「あっ、そうだった。ところでメホリック商業ギルドってどこにあるんですか？」

「それを私に聞くのかい、ミレーユちゃんは」

「はい。だって知らないし。知らない人には聞きづらいから」

「冒険者ギルドの隣《となり》だよ」

「なんと」

　こうしてホーランド商業ギルドへの訪問は終わり、風精霊の宿り木亭に戻っていった。

明日はメホリック商業ギルドへ行かなくちゃ。


朝、いつも通りの時間に朝ご飯を食べて、メホリック商業ギルドに向かう。

同じ轍《てつ》を踏《ふ》まないように、ちゃんと昨日の帰りにメホリック商業ギルドに寄ってアポイントメントを取ってきたのだ。えへへ、偉《えら》いでしょ。

ちなみにテツとは、轍《わだち》のことで、馬車の車輪の通った跡《あと》にできる凹《くぼ》みのことだよ。

馬車が轍を乗り越《こ》えるとガッタンってなってお尻《しり》に響《ひび》くから、私は苦手なんだ。王都に来る途中の道で酷《ひど》いところがあったんだよ。

これにはポムもピョンピョン跳ねて、抗議《こうぎ》してたっけ。


とにかく噴水前に向かった。最初に馬車から降りた場所だから覚えている。

そこにある冒険者ギルドのお隣さんのメホリック商業ギルドに到着した。

「すみませーん」

「はいはい」

「錬金術師のミレーユです」

「はい。約束は伺っています。どうぞこちらへ」

やった。すんなり通してもらえた。

受付の美少女メイドさんに連れられて、ギルド内の奥のほうにある一室でちょっと待たされた。

「ようこそ、ミレーユ嬢。よくおいでくださいました」

「いえいえ、そんな」

「ちゃんとワシらの商業ギルドも見てくれるんですな」

「はい。公平に、ですよね」

「そうです。ありがとうございます」

老紳士のボロラン・ロッドギンさん、そうそう確かそんな名前だった。私偉い。ちゃんと覚えてる。

それから少女が大好きな変態だという噂《うわさ》が。これは商売敵《がたき》のメイラさん談だけど。

受付の美少女メイドさんもちょうど私と同じくらいの、年中式を終えたばかりの女の子に見えた。要注意だ。しっかりとこの目で見て判断しよう。

メイドさんは短いスカートに長い靴下《くつした》で足を強調している。メイド服はやっぱりエプロンと胸を強調するようなデザインだった。

「紅茶はいかがですかな?」

「いただきます。王都では流行《はや》っているんですか?」

「わははは。ホーランドでも出されましたか」

「は、はいっ」

「素直でよろしいですな。紅茶はここ数年、東国から入ってくるようになったのです。扱っているのはワシらメホリック商会でしてね」

「なるほど」

「お気に入りになりましたら、一缶《ひとかん》プレゼントしましょうか」

「い、いえ、お構いなく。宿暮らしの身でして、お湯を沸《わ》かすのも大変なので」

「そうですか。欲しくなりましたらいつでもお声掛《こえか》けください。もし向こうと契約《けいやく》した後でも有効ですので」

「そ、そうなんですか」

「はい」

老紳士は真剣《しんけん》な顔をして、見つめてくる。

うん、紅茶美味《おい》しい。

ちなみにポムも紅茶は好きみたいで、触手《しょくしゅ》でミルクと砂糖を入れて、スプーンで混ぜてごくごく飲んでいる。スライムって案外器用で賢《かしこ》いんだね。感心しちゃう。

「それで、ワシたちと契約したら、錬金術店を無料でお貸しします」

「む、無料で、でですか?」

思わず口ごもっちゃった。無料ときたか。このおじいちゃん。

「その代わり、弟子《でし》を三人ほどお願いしたいのです」

「あーなるへそ」

「その答えかたはちょっとはしたないので、止《や》めたほうがよいですな」

「こりゃ失礼しました」

「いえ、ジジイになると説教くさくて、すまんな、つい」

「あはは」

ついうっかりなるほどと思ったので、素《す》で返してしまった。危ない危ない。レディーは言葉にも気を付けなくちゃね。

そうそうこちらでもやはり畑の話もしないとまずい。

「それで恐縮《きようしゆく》なんですけど、畑、薬草園もお借りできないかなと、あの無理でしたら、自分で、なんとかしたいとは思うんですけど、やっぱりあるのとないのとでは大違《おおちが》いというか」

「そんなものは農民に栽培させればいいのでは？　それを取り次ぐのが商会、商業ギルドの役割です」

「まぁそうなんですけど、うちで欲しい薬草を栽培している農家さんなんていないと思うんです」

「ふむ、それはどういう」

私は必要な種類を説明していく。

「知らない薬草がありますね、確かにこれは無理かもしれません。担当者なら知っているかもしれませんが」

「そうですか」

「不勉強で申し訳ない」

「いえ、なんか村の薬草は外では有名ではないみたいなんですよね」

「はぁ、いやはや、さすが見込《みこ》んだだけはあります」

老紳士は相変わらず真剣だ。

「分かりました。できるだけ広い畑を確保しましょう。ギルドの威信《いしん》を懸《か》けても」

「そ、そうですか、ありがとうございます」

「契約はしばらく横に置いておいて。少しよろしいですか。外へ」

「は、はいっ」


どこへ連れて行かれるんだろう。ちょっと得体が知れないから怖《こわ》い。

後をついていくと、裏庭に案内された。

そこまで広くはないけど、薬草を含《ふく》むいろいろな、いわゆる四季折々の花々が植えられていた。

中でもそこそこの大きさの一本の木の前へ連れて行かれる。

あ、この木知ってる。すごい。本当にこれはすごい。ちょっと心がこちらに傾《かたむ》くくらいすごい。

なんか語彙《ごい》力なくなるくらい、この木は超《ちょう》ウルトラスーパーすごいんだよ。

その名は、ユグドラシルの木。

「この木、樹齢《じゅれい》何年だと思いますかな」

「そうですね三百年ぐらいでしょうか」

高さは約六メートルだ。そうたったの六メートル。

剪定《せんてい》で短くしているわけではないのにこの高さしかない。

「ご名答。では木の名前もご存じということですな」

「はい。この木はユグドラシルです。懐かしいです。村のうちの裏庭にも生えてるんです」

「え、そんなばかな。信じられない……」

「ですよね。でも事実です。事実だから木の名前もその性質も知っています」

「そうですか」


ボロランさんは木を眺めてから、目をつぶった。私も横で黙礼《もくれい》をする。

この木は神の木だ。

ユグドラシルの木は非常に繊細《せんさい》でそして生長が遅《おそ》い。それから挿《さ》し木で増えないのだ。

決定的なのは種ができるのも稀《まれ》だし、種から芽が出るのも稀だ。

だからほとんど生えていない。自生しているという話も聞いたことがない。

世界に数本あるかどうか、とさえ言われている。

王都の王宮には、樹齢不明なほどのユグドラシルの大木があり『世界樹』と呼ばれている。

創世記から存在する、世界で一番古い生きている植物だとされているらしい。

そのユグドラシルの葉は、特級ポーションなどの材料になる。いわゆる秘薬だった。

特級ポーションはほとんどの病気を治したり、部位欠損以上を除く、酷い怪我を治したりできる。

実は打ち明けていない事実がもう一つある。

私が持っている植木鉢《うえきばち》の一つは、家のユグドラシルの木にできた種から発芽した苗木《なえぎ》だ。

この苗木はたまたま実家で唯一《ゆいいつ》発芽したもので、私の大切な宝物だ。

できれば王都に一本、根づかせたいと思っている。でも現物がここにもある。


「世界樹の直系、なのでしょうか？」

「そのことも知っているんだね」

「ええまあ」

ユグドラシル自体が有名ではないのだけど、世界樹がユグドラシルという種類であるということを知る人は更《さら》に少ない、らしい。

「そう。これは世界樹にできた種から発芽したものを当ギルドが譲《ゆず》り受けたものです。それも三百年前の話だから定《さだ》かではないのだけれどね」

「すごいですね。尊敬します」

このギルドが積み重ねてきた年月というものを感じる。素直にすごいと思う。

この木を売り飛ばせば文字通り、大金の山ができる。でも誰も今までそれをしなかったのだ。金に目がくらんだ人はいないらしい。

「この木、売ったらいくらでしょうね」

「さあな。一生、遊んで暮らせますな、わははは」

笑っているけど、顔は笑っていない。でもギャグのつもりらしい。おじいちゃんは真面目《まじめ》すぎるのが玉に瑕《きず》だな。


「もし、どうしても、どうしても、治せない病気の依頼があったら」

「ああ、取りに来ていいですよ。葉っぱ数枚だろう」

「ありがとうございます」

「なに。秘薬の原料になるのは知っているが、秘薬ということで秘密にしたせいです。王都では薬の作り方が失伝しておるんです」

「そんな、じゃあ」

「ああ、王都にはおそらくミレーユ嬢以外に、それを作れる人間は存在していないでしょう」

「そうですか……」

「どちらのギルドに所属するかよく考えてほしいのです。我々はあなたを保護したい」

「保護ですか」

「ああ、既存《きぞん》の錬金術師や多くの悪徳業者にはあなたの存在は邪魔《じゃま》なんです」

「うっ、あ、やっぱり」

「そうです。自分たちの食い扶持《ぶち》がなくなる。そしてミレーユ嬢の身も危険です」

「はい」

「ホーランドよりメホリックはそういう裏稼業《うらかぎょう》にも詳しいです。メホリックのほうが適任だと思っています」

「でも、どっちにするかは」

「ああ、もし向こうを選んでも、もちろん構わない。あなたの選択《せんたく》です。そのときでも紅茶とユグドラシルの木の葉っぱは、よろこんで提供すると約束しよう」

「ありがとうございます」


最後にメイラさんのいう噂についても確認しておきたい。

どうしても年頃《としごろ》としては気になってしまう。この老紳士が少女を食い物にしているという話だ。

「あの、聞きにくいことなんですけど」

「なんだね、おじいちゃんは怒《おこ》らないから言ってごらん」

怒らないからと言われても怒られなかった例《ためし》がないんだけど。

おばあちゃんは優しかったけど、正しくないことには厳しい人だった。

そりゃ怒鳴《どな》ったりはしなかったけど、優しく怒られるのだ。

「あの、若い女の子が好きなんですか、その性的に」

「ああ、そのことか。なにただの噂ですよ。うちは若い女の子を雇《やと》い入れて教育してから各所に派《は》遣《けん》しているんです。やましいことはない」

「本当に？」

私とおじいちゃんの間に激しい視線が交差する。汗《あせ》が老紳士の額を伝っていく。

「やましいことはしていない本当です。ただ」

「ただ？」

「若い娘はす、すす、好きです。こういうのを萌《も》えるというんだろう、知っております」

「は、はぁ」

よく分からない。まあエッチなことしてないならぎりぎりセーフかな。

でもさっきから行ったり来たり仕事してる女の子たちの格好《かっこう》が、ひらひらの胸を強調するメイド服なんだよね。美少女しかいない。

事務とか荷運びの男性もいることはいるけど、どっち向いても美少女メイドばっかりだよ。

この老紳士、信じても大丈夫なのかな。なんかとっても心配だよ。

3章　決断の時、お店の準備だよ

午後は普通《ふつう》に露店《ろてん》を出す。

気持ちの上ではだいぶ違《ちが》ったけど、露店の営業は前と何も変わらなかった。

実演販売《はんばい》をすると一時的に人は集まって売れる。

それが終わると人がさっといなくなってしまう。


「低級ヒーリングポーション出来立てです。いかがですか～」

「きゅっきゅっ」

たまに思い出したように呼びかけもしてみる。

あまり積極的に、声をかけるのは実は苦手なのだった。

「きゅっ、きゅっきゅっ。きゅっ、きゅっきゅっ」

ポムも声を上げげつつダンスしたりして集客に協力してくれる。健気《けなげ》で大変かわいい。

でもそれで集まってくるのは、というと。

「スライムさんだぁ」

「スライムかわいいにゃあ」

そうなのだ。ポム愛好家が集まってきてしまう。

ちなみにこの娘《むすめ》さんは猫獣人《ねこじゅうじん》だ。獣人さんにはいろいろな動物の種類の子がいる。

頭に猫耳が生えていて、かわいい。

かく言う私はエルフの末裔《まつえい》らしいけど、エルフはどうも王都ではほぼ忘れられた存在のようで今までこの少し尖《とが》った耳も特に言われたことがない。


「触《さわ》ってもいいですか」

「きゅっ」

「やったっ。あぁ、柔《やわ》らかぁ。なんだろうこの感触《かんしょく》、すごくいいです」

女の子たちが集まってきてポムを囲みだすと、ポムも満更《まんざら》でもないらしく、張り切って相手をしている。

抱《だ》いてもらったり、触られたり、結構スキンシップも好きそうだ。

でも女の子にはそうだけど、比較《ひかく》的男の人とはそういうことはしないみたい。

女の子が好きなんだなっていう印象だった。


ポムは私が女の子だからついてきてくれるんだろうか。

テイムとはいうものの、別にテイム魔法《まほう》というものがあってそれで魔法誓約《せいやく》的に縛《しば》っているというわけではないんだ。

ただポムが勝手に私と一緒《いっしょ》にいるだけ、というのが正しい。

こうやってのどかな時間を露店で過ごしていると、決断するのを忘れたくなる。

でも、どちらかには決めないといけない。

正直迷っている。

最初は迷わずホーランドにしようと思っていた。でも話を聞いてみてメホリックも悪くないかなとも考える。

それでもやっぱりホーランドかなと思う。


老紳士《しんし》のところの女の子たちは、フリフリの短いスカートにエプロンドレス。それから胸を強調するようなデザイン。

どことなく漂《ただよ》う、イケないような雰囲気《ふんいき》をまとったメイド服。

ホーランドのところにもメイド服の人はいたけど、スカートは短くなかったし、そこまでフリフリでもなかった。

それに普通のお姉さんだった。あんな若い子たちばかり、たくさんはいない。

若い女の子を食いものにしているとか何かやましいことがあるのではと勘《かん》ぐってしまう。

重要なのはユグドラシルの木の存在。

今は秘薬を作れる錬金術師《れんきんじゅつし》がいないから、実質効力を持っていないけど、ユグドラシルの葉っぱがあれば、秘薬である特級ヒーリングポーションを作れる。

秘薬というくらいで、ほとんどの病気や怪我《けが》を即座《そくざ》に治せる。

お値段もそれなりだし、他の材料もいるけれど、製法が伝われば、私以外ではメホリックの専売特許になってしまい、将来的に両者のパワーバランスが崩《くず》れてしまう。


露店をしながら、難しいことを考える。

こういうことは、本当は、苦手中の苦手なのにゃん。にゃんにゃん。あー。

猫を散歩させている人が通った。かわいい。

私も猫みたいに自由に歩き回って、のんびりお昼寝《ひるね》して生活したいなぁ。

でも私は錬金術師。その技術を伝え継承《けいしょう》して、街の人を癒《い》やし、便利アイテムを街に提供する義務があるのだ。

お昼寝はしたいけど、そうも言っていられない。これは使命なのにゃ。

それも弟子《でし》を取って、その人たちに代わりに作ってもらえるようになれば、ずっと楽になると思う。

最低でも数か月から数年はかかると思う。先は長い。

そうだった。長期のこともいろいろ考慮《こうりょ》しないと駄目《だめ》だよね。

それからまた両者を訪ねに行った。薬草園の件があったからだ。

どちらも一定の大きさ以上の薬草園を確保してくれる、ということが確定した。

これで薬草園問題は一応解決したけれど、あとは結論だ。

あれから一週間。ついに決断の時だよ。

露店に両者が現れた。

「こんにちは、メイラさん、ボロランさん」

「こんにちは、ミレーユちゃん」

「こんにちは、ミレーユ嬢《じょう》」

軽くスカートを摘《つま》んで上品にお辞儀《じぎ》をするメイラさん。

紳士帽《ぼう》を持ち上げて、頭を下げるボロランさん。

私も急いであわあわして、頭を軽く下げる。

幸い、今はお客さんも一段落している。

「まずは結論から言いますね」

「はい」

「よいですぞ」

「私は、その。ホーランド商業ギルドにします」

「やった、さすがミレーユちゃん」

「そうですか、残念です。ミレーユ嬢」

「でも、条件というか、おまけというか。メホリック商業ギルドから、一人限定で弟子を取ろうと思います。最初はお手伝いからですけど」

「なんと」

「なるほど、興味深い」

「とりあえず最初は一人です。それからミルル草の実を加えたポーションのレシピなど、いくつかのものは、両者に公開していきます。自分たちで練習して作れるようになってください。困ったときは相談してくれていいです」

「うむ、悪くはないわ」

「正直、助かります」

「こんな感じです」

話はいったん終わり、真面目《まじめ》な顔の老紳士と、笑顔《えがお》あふれるお姉さんは帰っていった。

ホーランド商業ギルドに加盟して、お店と畑をレンタルすることが決定した。

これからもっと頑張《がんば》らないと、ファイトだよ。

◇

ギルドとの契約《けいやく》を決めてから、ホーランド商業ギルドに毎日のように通っている。

契約をホーランドに決めた際の決定打だったのはメホリックにはユグドラシルの木があり、ホーランドにはないということだ。

秘薬のレシピが公《おおやけ》になったら、メホリックが有利になってしまう。

できれば持ってきた苗木《なえぎ》をホーランドで育てて、同条件にしようというのが、私の狙《ねら》いだった。

私の行動でギルド間の抗争《こうそう》になったら、目も当てられない。

家賃無料とか魅力《みりょく》的ではある。でも稼《かせ》げるようになれば、そんなの大したことではなくなってくる。

それに便宜《べんぎ》を図《はか》ってもらうと、こちらも見返りを考えなくてはいけなくなって縛られてしまうという考え方もあった。

その点、ホーランドは一時的な便宜だけで家賃は普通だ。お互《たが》い対等に付き合えると思った。

ホーランドからは開店準備のため一週間は働かなくてもいい分の支度《したく》金を貰《もら》った。これは返さなくていいと言われた。

「――本当に返さなくていいんですか」

「いいよ。これぐらいの金額なら、錬金術製品の売り上げですぐ元が取れる」

「あ、そ、そうですよね」

「そういうことだよ。最初に無駄《むだ》にけちけちする必要はないのさ。ギルドはうまく使ってくれ」

「あっはい」

まずはお店の確保だった。

空き店舗《てんぽ》というのは、広い王都の中には結構な数あったので、全部見るのは大変だ。

どのお店もそれぞれいいところがあり、判断に迷う。

田舎《いなか》だったらこんなに迷わないのになぁと思いながら、王都すごいなぁと見ていた。

結局決めた場所は、表通りに面したお値段が高い建物ではなく、一本路地に入ったところにある建物だった。

一階が店舗と倉庫と工房《こうぼう》。二階が居住スペース、そして裏には空き地があったのだ。

この都市は道が四方八方に伸《の》びていて、主要区はその道の間隔《かんかく》が広い。

道に囲まれた区画には、道に沿って家が並んで立っていて、区画の真ん中はそれぞれの家の裏庭としているのが基本だった。だけど、ここの区画は丸ごとこの店の土地になっているので、建物の裏手に広めの空き地があったのだ。

王都郊外《こうがい》にも、薬草園の土地は確保している。

でも、お店の裏手にも多少の土地があるのは、かなりうれしい。

メホリック商業ギルドのお店のように、ここの裏庭にユグドラシルの木を植えようと思う。

万が一、私がいなくなっても、土地の所有権は元々ホーランド商業ギルドのものなので、何も問題ない。

賃貸というと、そこに植物を植えるのは戸惑《とまど》うけど、家主がはっきりしているならまぁ問題ないのだ。こうして代々ユグドラシルの管理者が継承されていって、何百年と経《た》っても、有効利用されることを私は望んでいる。

なんと言ってもユグドラシルの木はまさに「金のなる木」だから他人が物理的に入ってこない、メホリックのギルドみたいな中庭は最適地だった。

あとこのお店には、とっても魅力的な施設《しせつ》があった。それはお風呂《ふろ》。庶民《しょみん》はあまりお風呂に入らないで体を拭《ふ》いて生活しているけど、実家にはお風呂があったからやっぱりあるとうれしい。

あとたまに液体に大きなものを漬《つ》け込《こ》みたいときにも活躍《かつやく》する。まあ、例外的な使い方だけど、錬金術ではたまに必要になる。


ホーランド商業ギルドから弟子はとらないけど、担当のメイドさんが割り当てられた。

担当者ということだけど、実質雑用係に近い。

「マリーです。よろしくお願いします」

「はい。よろしくです。ミレーユです」

マリーちゃんは私と同い年の十三歳《さい》。背丈《せたけ》は同じくらいだけど、そのおっぱいが大きい。メイド服は胸を強調するデザインだから余計丸く大きく見える。ちょっとお姉さんに見えて羨《うらや》ましい。

目も髪《かみ》も漆黒《しっこく》で、ツヤツヤヘアーのストレートのセミロング。綺麗《きれい》でやっぱり羨ましい。

イケないおっぱいは身体検査としてしっかりもみもみして確かめさせてもらった。

ふわふわ、柔らか、ぽよぽよで、とっても気持ちがいい。

その弾力《だんりょく》はちょっとポムと似ていて、触ると癖《くせ》になりそうだった。

ふむ。骨や筋肉がないと、安定した形を保てないのだな。

非常に不安定で、柔らかい。

「マリーちゃん、もっかい抱かせて」

「もう一回だけですよ、もう」

ガシッとマリーちゃんを抱くと、温かくて柔らかくて、とにかく気持ちがいいのだ。むふふ。

魅惑《みわく》のおっぱいは私のものだ。すごい癒やしですよこれは。

店といっても、最初は低級ヒーリングポーションと練り薬草、あとは適当にいくつか用意すればいいと思う。

もちろんいろいろな商品を置いたほうがいいけど、順次増やしていこうと思う。

「はいマリーちゃん。裏の薬草園を耕してきてください」

「はーい」

マリーちゃんには畑仕事を頼《たの》む。

メイド服でせこせこと鍬《くわ》で耕しに行った。

ミルル草の実、モリス草などの仕入れ担当もマリーちゃんに一任している。

とりあえずですね、練り薬草をたくさん作ろうと思う。王都では比較的珍《めずら》しいと言われていたので。

常備薬にもなるので、一家に五個くらいは置いておくといいと思うんだ。

だから相当数の需要《じゅよう》が見込める。

簡易錬金釜《れんきんがま》を出してせこせこ最大容量で量産していこう。

開店するまでは、こういう日持ちするものを先に作っておくのがベストだ。

逆にいえば、ポーションは消費期限を考えれば、ぎりぎりの日程で生産するほうがいい。


看板を発注したので、工事の人が設置してくれている。

木の板にインクで書いただけだけど『ミレーユ錬金術調薬店』だ。

錬金術だけだと、ちょっとおおざっぱかなと思って調薬と入れてみた。

もし子供ができて、引き継《つ》いでいくことを考えるならバリスタット錬金術調薬店のほうがいいんだけど、苗字《みようじ》は結婚《けっこん》したら男性のものになることが多い。

それに本人である私は苗字呼びされることがほとんどなくて、もっぱらミレーユと呼ばれているので、そのほうが通りがいいかなと思ったのだ。

孫の更《さら》に子供とかに『お店の名前はひいおばあちゃんの名前なんだよ』とか言われてみたいじゃない。もう死んでるかもしれないけど。


「あのミレーユさん」

「どうしたのマリーちゃん」

マリーちゃんが戻《もど》ってきた。まだ作業し始めて十分くらい。

「裏庭が雑草ぼうぼうで、どっから手を付けたらいいか分からなくて」

「ああ、そうだよね」

「はい」

都会っ子に、菜園の管理とか無理か、そうだよね。

適当にお願いっていうのも、適当すぎるか。

「分かった。一緒にやろう」

「ありがとうございます。ミレーユさん」

「いいのいいの、では出発」


裏庭に出る。

「まず真ん中やや北側にユグドラシルの木の植える場所を作ります」

「はいっ」

「あとはそれを囲うように、四角く範囲《はんい》を分けて、畝《うね》を作っていけば大丈夫《だいじょうぶ》」

「畝ですね」

二人で雑草を抜《ぬ》いていく。

「ああ、これとこれとこの雑草。結構美味《おい》しいから、お茶にするために分けておいて」

「わっかりました。でもこんな雑草でお茶ねえ」

「いい匂《にお》いするんだよ」

「そうなんですね。さすが錬金術師様」

雑草の束が出来上がっていく。

こんだけあれば、商品になるね。まあ一時的な商品でリピーターができても困るんだけど。


なんとか午前中に雑草抜きが終わった。

引き続きマリーちゃんには畑の畝作りをお願いしよう。

工房に戻って練り薬草を作った。それが終わったら今度は錬金釜で雑草の葉っぱや種を使ったお茶を作る。

「葉っぱ、葉っぱぁ、葉っぱを煎《い》ると、いい匂いぃ」

雑草でも葉っぱがいい匂いになるものや、種を煎《せん》じるとまた違う香《かお》りになるものなんかがあって、結構楽しい。

できたお茶はとりあえず用意してある大型の瓶《びん》に詰《つ》めていく。

これは開店のときに試飲させて、それから暫定《ざんてい》商品だけど売ってみよう。

便利な言葉「限定販売」。材料が無いからね。あははは。

ただの雑草だったのに立派な商品になった。これで少ない在庫も少しだけ賑《にぎ》わうというものです。


夕方。畑区画も畝がだいたい完成してそれっぽくなった。

「ではマリーちゃん、見ててね」

「はーい」

マリーちゃんを見学させて、鉢植《はちう》えのユグドラシルを持ってくる。

鉢植えをひっくり返して、すぽっと外して、ちょっと外側の根っこを削《けず》ったりしてから、掘《ほ》った穴にユグドラシルを植える。

「はい、ユグドラシルの木を植えました。拍手《はくしゅ》ぅ」

ぱちぱちぱち。

私とマリーちゃんだけの拍手が響《ひび》く。

「この子は今からここが生きる場所です。あと何百年、何千年って育つといいね」

「え、そんなに？」

「そうですよ。すごいでしょ。ユグドラシルの木だよ」

「はい。すごいですね」

マリーちゃんはユグドラシルのことは詳《くわ》しくないみたいで、あまり実感もないのだろう。

まあいいかな。

今度機会があったら、ちゃんと説明しておこう。


まだ夕方よりちょっと前。

畑仕事とかもしたから、お風呂に入りたいな。

すっごい楽しみ。初めてのこの家のお風呂。

「マリーちゃあん」

「なんですか、変な声出して」

「あのね、あのね。お風呂入ろ～よ」

「あ、いいですね。私もお風呂というものに入ってみたいです」

「じゃあ、お風呂の準備お願い」

「え、そのよく分からないんですけど」

「そうだよね。じゃあ二人でやろうか」

「はい」

こうしてマリーちゃんと表にある井戸《いど》から水を汲《く》んでくる。

運んで、運んで、あー疲《つか》れたなっていうくらい運んで、お風呂を水でいっぱいにした。

お風呂や台所は水汲みや排水《はいすい》の関係で、一階の隅《すみ》にある。

お風呂の浴槽《よくそう》の横には、大きな缶《かん》みたいなお風呂焚《た》きがついているのだ。

「というわけで、ここに薪《まき》を入れてね、火をつければ」

「なるほど」

「その上にある配管が温まって、中のお水がお湯になるんだよ」

「ふむふむ」

「じゃああと火の番と湯加減確認してできたら教えてね」

「はーい」

こうして他の雑務を自分はこなす。

あ、そうだ。元々お茶は出す予定だったから、お茶請《ちゃう》けも考えていたんだ。それはクッキーだ。

材料はもう準備してもらってあった。卵、小麦粉、砂糖、バターなどなど。

砂糖はまだまだ高級品だけど、いいんだ。

それから季節外れだけど木の実。特にナッツ類。実というか種だね。

材料を混ぜて、クッキーを量産していく。

そして台所のオーブン、なんとこの家にはオーブンが備え付けられている。

だけどちょっと横着してですね。

魔力で力ずくでですね、錬金釜を使ってクッキーを焼いていく。

特殊《とくしゅ》なので、かなり早く焼ける。

もう流れ作業のように、さくさく焼いていく。

お風呂の準備が終わるより先にクッキー焼いちゃうもんね。

こうして大量のクッキーが出来上がった。


「ミレーユさん、お風呂できました」

「はあぃ」

マリーちゃんが呼びにきたし、ちょうど切りがいいのでオッケー。

「じゃあ先に入りますか、ミレーユさん」

「いえいえ、そんな。一緒に入ろうよ、マリーちゃん」

「一緒にですか？」

「そう、一緒に」

「もう、しょうがないですね」

顔を赤くして照れるマリーちゃんを尻目《しりめ》に、手を繋《つな》いで脱衣所《だついじょ》に向かう。

ささっと服を脱《ぬ》いでいく。マリーちゃんも背中合わせでぬぎぬぎする。

そして風呂桶《おけ》でお湯をすくって肩《かた》から掛ける。掛け湯ですな。お風呂に浸《つ》かる。

「はあ、生き返る」

マリーちゃんも私の真似《まね》をしてお風呂に浸かる。

「あぁあ、気持ちいいです。これがお風呂、なんですね」

「ね、表通りよりも、庭とお風呂付きにして、よかったでしょ」

「はい」


それにしても、実家の書物に書いてあった「たわわに実る瑞々《みずみず》しい果実」というものが、目の前の現実にあった。

両親は早くに死んでしまったので、実物を見るのは初めてだ。

これは確かに禁断の果実だろう。とっても美味しそう。

ちょっと羨ましい。私のも早く大きくならないかな。

「きゅっきゅぅ」

ポムはマリーちゃんの胸の上でくつろいでいる。

あぁ、一番いい場所を占領《せんりょう》中だ。その顔は気持ちよさそうだ。

そういえば昔からお風呂が好きで、実家でも私の胸の上に乗っかって入浴してたわ。

お湯に浸かるという文化は主に、貴族のものだけど、この気持ちよさの前では、貴族だけのものにするのはもったいないない。

もっともっと、ここの元の持ち主みたいに、お風呂党の人が増えるといいと思う。

そうしたらお風呂グッズとかもたくさん売って儲《もう》けよう。

「ねぇマリーちゃんどうしたらそんなに大きくなるの？」

「え、これですか？」

「そうそれでーす」

「えっと、ミルクかなぁ」

「ミルクか、牛乳だよね」

「はい。もうミレーユさんったら」

大きなお胸がお湯に浮《う》いている。本当に浮くんだ。

「る～ん♪　る～るる～♪」

お風呂で歌を歌う。

マリーちゃんは知らない歌みたいで、ニコニコして聞いていた。

ここのお風呂は二人でぎりぎり入れる大きさだけど、これでも結構お風呂としては大きいんだよね。

よくこんなお風呂を貴族でもないのに設置したものだ。

実はこれ、お風呂じゃなくて巨大湯沸《きょだいゆわ》かし器ではないか、という説もないわけではないんだけど、気にしてはいけないのだ。

ここを作った、もしくは改造した人がどういう目的だったかは、もう今となっては謎《なぞ》だ。


「あ〜気持ちよかったあ」

「すっきりですね。これならお湯とタオルで体を拭くよりずっといいです」

「でしょ」

「はいっ」

私もニコニコ。マリーちゃんもニコニコで、帰っていった。


お店が決まってすぐのころ。まず布団《ふとん》と枕《まくら》をマリーちゃん経由で発注した。生活費だけは支度金として貰っていたけど、いかんせんそれだけでは足りなかった。独立に必要なお金はまとめて月末払《ばら》いということになった。月末も無理なら翌月以降の分割《ぶんかつ》払いも利用できる。

あとは食器類、火で使う薪なんかが最低限必要だった。

ご飯のパンは普通、買ってくるものだし、おかずは具入りスープが一般的《いっぱん》で、簡単な調理器具は錬金術と共用なので、普段《ふだん》からリュックサックに入れている。

夕ご飯はわずかな野菜と燻製《くんせい》肉を入れてスープを作る。料理は家で家事もしていたので得意だった。

ただこの家には自分とあとポムしかいなくて寂《さび》しかった。


「ポム、いただきます」

「きゅっきゅっ」

夜も広い家に一人だ。いやポムと二人きり。

「ポム、おやすみなさい」

「きゅっ」

ポムを抱きしめて、眠《ねむ》る。

宿屋の狭《せま》い部屋も、寂しさを紛《まぎ》らわすためなら、有効かもしれないと思った。

居抜《いぬ》き物件なので、ベッドも二つ置いてあった。

隣《となり》のベッドは空っぽだ。

ポムは自分のベッドよりも私の上で寝《ね》たがるみたい。

ポムがいてよかった。一人だったらもっともっと寂しいと思う。

備え付けのタンスに、リュックサックから出した服を入れていく。

でも一着分はリュックサックに残しておく。どこかに行ったときに着替《きが》えが必要になるかもしれないし。

そうしてお店の準備をした。

お店は午後から毎日、日曜日以外は開けることにする。

午前中は仕込《しこ》みや薬草園など、いろいろやることがあるので、お店は閉めておくことになった。


薬草園も種を植えてある。

建物の近くは日陰《ひかげ》になるので、日光に弱い、木陰《こかげ》や日陰を好む薬草を植えた。

逆に真ん中らへんは日光がよく当たるので、日向《ひなた》が好きな薬草を植えてある。

特筆することといえば、肥料の堆肥《たいひ》に混ぜて、クズ魔石を粉々にしたものを少量だけど、入れてあった。

魔石というのは魔物の心臓付近にある魔核《まかく》という結晶《けっしょう》や、魔石鉱山で発掘《はっくつ》される特殊な鉱石のことで、魔素が結晶化したものと言われている。

これは王都だと、魔素が極端《きょくたん》に薄《うす》いことが薬草の品質の低下に繋がることが分かっていたので、それの改善になるはずだった。

実家の薬草栽培《さいばい》に関する書物に書いてあったことの受け売りだ。

実家では特に魔素が濃《こ》い場所で育つ特殊な薬草用に、同様の対策をしたことがあるから、たぶんイケると思う。

ただ今回は濃い用じゃなくて、ほぼないのを普通くらいにするという違いがあるので、必ずうまくいくとは限らない。

錬金術師とは慎重《しんちょう》なのだ。万が一、自然災害のようなことになってはいけない。中には自然に強く作用する薬なんかもあるので、いつでも慎重であることは重要だ。

マリーちゃんと二人で頑張った。

ポムはその辺でころころしていた。日向ぼっこなんかもこの子は好きだ。

4章　ついにお店開店だよ

この国では十三歳《さい》を迎《むか》えると年中式を行う。

それ以前は年少者、以降は年中者、そして二十歳《はたち》になり成人式をすると年長者と呼ばれるようになる。年中者はいわゆる半人前なのだった。そしてまだまだ子供扱《あつか》いされる。

集まっている関係者の中から、子供店長がとかいう声が少し聞こえた。

午後一番。六月の今日の天気は快晴。

「おはようございます。それでは『ミレーユ錬金術調薬店《れんきんじゅつ》』開店です」

ぱちぱち、ぱちぱちぱちぱち……。

開店祝いに集まってくれたホーランド商業ギルドの関係者、それからライバルだけど来てくれたメホリックのボロランさん、あとはうーん特にいないかな。

合計で二十人くらいがお店の前で、拍手《はくしゅ》をしてくれる。

扉《とびら》の前の「クローズド」の表示をひっくり返して「オープン」にする。

この表示がないと、開店しているというふうには見えないので、どこの店にも似たような表示板があった。

お店の中に関係者一同が入ってくる。さすがにこの人数が入るとちょっと狭《せま》い。

「お、さすが錬金術店。綺麗《きれい》な色のポーションがありますな」

棚《たな》にはポーション、それから練り薬草が、かなりの量を並べてある。

でも後ろには何もなくて平積みで見た目を誤魔化《ごまか》してある。

他の棚には、ホーランドから仕入れた、紅茶、コーヒー、麦茶。

自作の雑草茶、クッキー。

冷蔵ケースには、牛乳が瓶《びん》で入っている。

あとはホーランドから卸売《おろしうり》価格で仕入れた、塩それから砂糖、胡椒《こしょう》。

香辛料《こうしんりょう》や調味料も日用品としてよく使うからこれから種類も増やしたい。


棚や冷蔵ケースはここに元からあったものをそのまま使っている。

冷蔵ケースは上の段の隅《すみ》に氷の塊《かたまり》を入れて冷やす仕組みで、夏には魔術師や錬金術師が作った氷が欠かせない。

前の持ち主は商売を辞めて、息子《むすこ》の家にお世話になるとかで、在庫など小さいものは全部売ったみたいだけど、大きくて動かすのが大変なものはそのまま置いていってくれたそうだ。

そしてお店そのものは棚とかごとホーランドに売却《ばいきやく》したという。棚やテーブルなどの家具ももちろん査定額に入っていたらしい。

半年くらい前の話だった。

錬金術店なのに、さながら喫茶店《きっさてん》みたいなラインナップ。

塩も砂糖も真っ白な上質のちょっと高いやつだ。

その代わり雑草茶なんかは破格の安さを実現している。まあ元値はタダだったわけだし。

なお雑草茶は全部で三種類。名前とかよく知らないので、そのいち、そのに、そのさん、と名前をつけた。


「お飲み物は何にしますか？」

「ワシはじゃあコーヒーを」

「私はお紅茶いただけますか」

「私はえっと珍《めずら》しい雑草茶そのいちをお願いします」

ここにある飲み物は試飲ができるようにしてあった。

ちいさな木のカップで、次々と飲み物を出していく。

コーヒーも紅茶も、先にポットで作ってあって注ぐだけだ。

それでも忙《いそが》しい。マリーちゃんだけでなく、私も手伝った。

もちろんお茶請《ちゃう》けのクッキーも一緒《いっしょ》に出すのを忘れない。

練り薬草が一番人気、そしてクッキーも結構売れている。

「ミレーユちゃん、開店おめでとう」

「ありがとうございます」

メイラさんだ。今日はいつもよりおめかししてドレスを着ている。

対して私はというと、ベージュの地味な普段《ふだん》のワンピースだった。

ちょっと恥《は》ずかしくなってくる。服がばば臭《くさ》くてダサい。

恥ずかしいけどメイド服を借りたほうがまだマシかもしれない。

「ミレーユ嬢《じょう》、開店おめでとうございます」

「ありがとうございます」

返事がハンコなのはこの際目をつぶってもらおう。

今度はボロランさんだった。

「弟子《でし》の件。ちょっと内紛《ないふん》いえ、調整が難航していましてね。もう少し待ってほしい」

「はい、いつでも構いませんよ。まだそこまで忙しくないですし」

「そう言ってもらえると助かりますな」

そう。マリーちゃんが活躍《かつやく》しているけど、本当だったらとっくに弟子が来ているはずだった。

でもどうも誰《だれ》を出すかで揉《も》めていると、教えてくれた。

なんだかメホリックの内部事情がなんとなく察せられるというものだ。ホーランドに人を移籍《いせき》させる人が続出しているというけれど大丈夫《だいじょうぶ》なんだろうか。

挨拶《あいさつ》も終わり、こうして関係者一同は帰っていった。

周りで通り掛《か》かった人なども、人だかりを見てか来てくれた。

その後も、継続《けいぞく》して寄ってくれる人がいる。

表通りから一本路地に入った通りだけど、ここも商業区で人通りはそれなりにあった。

ひっそりしたお店も悪くないけど、こういうそこそこなぐらいが、ちょうどいいかもしれない。

それなりに繁盛《はんじょう》している。まぁ成功と言えるのではないかと。

ポムもぴょんぴょん跳《は》ねて、お客さんにアピールして撫《な》でてもらったりしながら接客をしていた。

偉《えら》い偉い。


錬金術店をオープンしてから一週間経《た》った。

弟子はまだ決まっていない。

少ない種類の商品ながら、なんとかお店を維持《いじ》していた。

ちょっと工夫《くふう》して、大きいまとめ買いのものを安く売る。

それから少量のものも用意して、単体の値段を安くして買いやすくした。ただし大きいのに比べれば内容量あたりの単価は高くなってしまう。

小売りではこういう対応も、意外と重要で評判はよかった。

商品の種類が少ないのは、大量に販売《はんばい》できるものがあるとかならともかく、普通《ふつう》の店では致命《ちめい》的だった。

だから商品数を増やすことにした。

最終的には錬金術商品を増やすつもりだけど、今は簡易錬金釜《れんきんがま》しかないし、材料も揃《そろ》っていないので、作れる錬金術商品は多くない。

一般《いっぱん》商品としては、まずココアを入荷した。砂糖とカカオの粉末だけど、かなりの高級品だ。

それから安価な商品として、ハーブティーとフルーツティーを各種取り揃えた。

ミント、アップルミント、ペパーミント、カモミール、ラベンダー、レモングラス、セージ、ローズマリー、シナモン、レモン、オレンジ、このくらいかな。

ちょっとしたお茶屋さん専門店並みの品揃えになりそう。

中にはほとんど市販《しはん》されていなくて、草を買ってきて自分で錬金釜で乾燥《かんそう》作業とかしたものもあった。

「いい匂《にお》いですね」

「マリーちゃん、こっちもいい匂い」

とにかく売り物が増えること自体はうれしい。

そして肝心《かんじん》の錬金術商品はというと、まずは人気の高いオレンジの匂いつけをした低級ヒーリングポーションと練り薬草を用意してみた。

「お、このポーションいい匂い」

「これならいいわね」

お客さんの声を聞く限りでもなかなか好評だ。

ポーションは美味《おい》しいとは言いがたい味と臭《にお》いなので、それを工夫するのは村でもしていた。

余裕《よゆう》ができたらやろうと元々思っていたのだ。

そしてどうしても値段が高くなってしまうけど、砂糖入りのポーションと練り薬草もちゃんと用意しておりますよ。

古人曰《いわ》く「良薬口に苦し」というけれど、錬金術師だってお店である以上は、サービス業なのだ。味もちょっとはいいほうが、いいに決まっている。

ただし、砂糖入りでも甘《あま》くはなるけど、同時に変な味もするので、完全には隠《かく》しきれていない。現代の錬金術の限界だった。

使う薬草がそもそも美味しい草とかでないと、この辺を改善するのは、困難だと思われる。

「砂糖入れてもあれなんですね」

「そうだよ。もっと研鑽《けんさん》が必要ということでありますよ」

これだけだとなんなので、錬金術じゃなくても作れるけど加工品を出すことにした。

蜂蜜《はちみつ》と乾燥スライム、それからハーブを使った、のど飴《あめ》だ。

「ね〜りねり。ね〜りねり」

飴を練ってそれが終わると伸《の》ばして、そしてナイフで一口大に切っていく。それを手で丸くする。

冷えたら完成だ。

蜂蜜は砂糖ほどではないけど、ちょっと高い。高級白砂糖よりは安いので、使いやすい。

しかし錬金術には、精錬度の高い砂糖のほうがいい場合が多い。

蜂蜜はその成分が問題になることがある。

あと蜂蜜は乳幼児に与《あた》えてはいけないので、よく熱を出す子供に与えることが多いポーションの材料には使えない。


「きゅっきゅ」

ハーブを使った飴はポムも好きみたいで、よく要求してくるようになった。

飴を食べるスライム君。本当に雑食性だ。でも肉はあまり欲《ほ》しがらない。

あと無生物、石とか木とかは食べないみたい。

そういう変なものを好むスライムもいるという噂《うわさ》は聞いたことがある。

決してスライムのペットは珍しくはないけど、王都にはあまりいない。

それでポムを大好きな人が数人、毎日のように訪ねてくる。

「ポムちゃんいますかぁ」

「スライムのポムちゃん」

「ポムちゃーん、お姉さんが飴買ってあげる」

飴を二粒《つぶ》買って、一つをポムに与えるお姉さん。

一緒に食べるのがうれしいらしい。

ポムも女の子は大好きなので、よろこんで食べている。それからちょっと踊《おど》ったりしてサービスしていた。

　なかなか現金なスライムだと思う。


　オープンしてから一週間、なんとか経営できた。

　飴とかも準備して、数日経過したある日。

　薬草園では、ユグドラシルの木は今のところ枯《か》れないで元気だ。

　それから早い薬草の芽がもう出始めていた。

「ミレーユさん、ほら、芽、芽があぁ」

「うん。薬草はたくましいのもあるから、早いね」

「はい。芽が出てますぅぅうう」

　マリーちゃんが楽しそうだった。こういう植物栽培《さいばい》とかもしたことがなかったらしい。

　さっそく芽が出て感激していた。

「これはルーフラ草。中級ヒーリングポーションのベース材料だね」

「ああ、これが中級ポーションの材料なんですね」

「うん。王都ではかなり入手困難で栽培農家も近郊《きんこう》農家のごくわずかなんだって。メイラさん曰く」

「へえ、メイラ副会長は詳《くわ》しいんですね」

「そりゃあね。薬草卸問屋《おろしどんや》の娘《むすめ》だからだね」

「そうらしいですね」

水やりも終わった。


二人でお昼ご飯を軽く済ます。

「ミレーユさん。ついに午後ですね」

「はい」

「覚えていると思いますが、ちゃんとご用意しましたよ」

「そうですね」

「なんか返事が棒ですね」

「はい」

「緊張《きんちょう》してますか」

「だって、だってええ、は、恥ずかしいんだもん」

「自分で決めたことなのに」

「だって、だって」

「はいどうぞ。メイド服です」


マリーちゃんが荷物から私のためのメイド服を取り出してくれる。


あぁあ。ついにこの日が来てしまった。

ホーランド商業ギルドは、私が店で着る服がないと言ったら、既製品《きせいひん》のメイド服を貸してくれた。

開店時間になる前に、必死になって着替《きが》えた。

でもさ胸もほぼぺったんこ。ちんちくりんの私にメイド服。

鏡で一応、確認《かくにん》してみる。

うん、まあ、かわいいけど、確かにかわいいけど、でもこれ、超《ちょう》恥ずかしい。

よくこんなの平気な顔してマリーちゃんたちは着れるよね。

まあメホリックのミニスカートのメイド服よりはマシだと思うことにしよう。ホーランドを選んでよかったぁ。うれしくて涙《なみだ》が出ちゃいそう。


萌《も》えいづる、薬草のごとき、メイド服。


なんちってポエムは恥ずかしいね。でもメイド服のほうがもっと恥ずかしいね！

ダサダサ普段着《ふだんぎ》が元凶《げんきょう》ではあるんだけど、しょうがないんだよ。田舎《いなか》にはそれしかなかったんだから。


「い、いらっしゃいませ。『ミレーユ錬金術調薬店』へようこそ！」

「いらっしゃいませ～」

陽気な声で明るい笑顔《えがお》のマリーちゃん。

いっぽう、恥ずかしくて顔赤くなって、視線が定まらない私。

ニヤニヤ顔で開店を待つ、常連客たち。

これではどっちが店長か分からないよ。

「いやあミレーユちゃん、メイド服似合ってるね」

「ミレーユちゃんかわいい」

「ミレーユちゃんも、メイド服いいじゃない」

次々にほめ殺しに来る常連客たち。

お姉様も、おじ様もいる。

「なんだい。メイド服なんて着てイベントかい？」

いえ、イベントじゃないです。ただ私服がダサくて泣きそうだったので、意を決して、断腸の思いで、メイド服着てるだけです。


ワンピース一枚、されど一枚。新品のものはすごく高い。特に王都では需要《じゅよう》が多いくせに生産が追いついてないらしく、びっくりするくらい新品は高かった。

そして高いからみんな擦《す》り切れるくらいまで着る。中古もあるにはあるんだけど、だいぶボロで、ツギハギとかが当たってるのが普通で、さすがにツギハギで客商売なんてできない。

「はぁ、ワンピース欲しかったな」

ワンピースが高いなら布団《ふとん》と枕《まくら》ももちろん高かったんだよ。これ以上、借金増やしたくないじゃない。

だからメイド服はもう借りるしか手がなかった。八方塞《はっぽうふさ》がりで、退路は断《た》たれていたんだ。

屈辱《くつじょく》の思いで恥辱《ちじょく》に耐《た》えて、接客をした。

いつかお金がガッポリ貯《た》まったら、もっと普通の制服を発注するんだもん。

絶対、かわいいけどオシャレな服にしてやる。


翌日。

「やあ、ミレーユ嬢」

むむ、この声、確かにあの老紳士《しんし》、ボロランさんだ。

「こ、こ、こんにちは。ボロランさん」

まさかメイド服をこの人に見られるとは。

ほら、孫を見るような目してるじゃん。

絶対に萌えとかいうやつだよ。ちょっといかがわしい目だよこれ。

「いやあ、目の保養になりますな。今後はずっとそのメイド服を着用になるのですかな」

「まぁ、当分は、そうですね。遺憾《いかん》ながら」

「はっはっは。なんならうちのミニスカメイド服、お貸ししましょうか」

「いぃぃやだあああ」

「わっはっは、冗談《じょうだん》ですよ、冗談」

「目が笑ってなかった。マジの目だった、です」

優《やさ》しい目でじっと、じっくり上から下までを見つめてくるボロランさん。

本当にメイド服好きなんだな、この人。ううぅ。

自分の店だから、逃《に》げられないよ。


「マリーちゃんはメイド服って恥ずかしいと思わないの？」

ニコニコスマイルが営業スマイルではなく、本物らしいマリーちゃん。その職業精神は惚《ほ》れ惚《ぼ》れするほど素晴《すば》らしいけど、なんでだろう。

「メイド服は私たちの戦闘服《せんとうふく》ですからね。このメイド服が着られるのはいいところの証《あかし》ですから、大変誇《ほこ》らしいのです」

「そうなんだ」

「一般庶民《しょみん》にはとても手が出ない高級品ですもの、女の子の憧《あこが》れです」

「へぇ」

王都の女の子のヒエラルキー的にはかなり上なんだよね、メイドさん。

そりゃあ金持ちの商会や貴族の家とかだもんね、職場が。

そういう意味では、あまりメイドさんをその辺で見かけることはない。基本的には家の中での仕事をする人たちだった。

だからうちの錬金術店は普段からメイドさんを見られる比較的《ひかくてき》珍しい店なのだ。で、中にはそれ目当てで来る人が実はいる。最近知った。

5章　弟子《でし》を取ろうだよ

「――ということで、よろしくお願いします」

「はい。大切にお預かりします」

メホリック商業ギルドのナンバースリー、ボロラン・ロッドギンさんが来ていた。

簡単に説明するなら弟子選抜《せんばつ》試験だった。

メホリック内で揉《も》めに揉め、ついに三人までには絞《しぼ》られたのだけど、誰《だれ》にするかは決められなかった。

そして、その決定権が私、ミレーユに回ってきたのだ。


「アンナ・ウィルソンです」

「サマンサ・ジャクソンです」

「シャーロット・マーシャルです」

なるほど、アンナちゃんとサマンサちゃんとシャーロットちゃんね。

「では、みんな錬金《れんきん》の基礎《きそ》はできてるんだよね」

「「「はいっ！」」」

「いい返事だね。じゃあ低級ポーション耐久《たいきゅう》試験、いってみよう」

「耐久試験⁉」

「そうだよ。どれくらいポーション作り続けられるか見てみたいです」

「分かりました」

「は、はい。頑張《がんば》ります」

「うひゃんっ。そ、そんな」

反応は三者三様だった。

アンナちゃんは普通《ふつう》に受け入れる姿勢。童顔、猫耳《ねこみみ》、おっぱいぼいんの猫獣人《ねこじゆうじん》さんの十五歳《さい》だ。

サマンサちゃんはなんとか頑張るらしい。お姉さん顔のすらっとした美人さん。十四歳。

それから戸惑《とまど》い気味のシャーロットちゃん。目立つのはピンク髪《がみ》のふわふわツインテールのかわいい感じの子。十三歳。


どうでもいいかもしれないが、三人ともボロランさんが大好きなミニスカメイド服を着ている。

誰の入れ知恵《ちえ》か、言わなくても分かると思う。

もしかして私もメイド服好きだと思われてしまっているかもしれない。

さて誰が勝ち抜《ぬ》くのか。

「全員、錬金釜《がま》は持ってるかな」

「はい、あります」

「持ってきています」

「実家から持ってきました」

「よろしい」

錬金釜をみんなで並べる。

「ではスタート」

あ、ナイフとかもいるけど、大丈夫《だいじょうぶ》みたいだ。一応、本業の端《はし》くれなんだろう。道具一式は持ってきているようだ。


みんなナイフでモリス草を刻んでいく。

うん、まあ全員普通。アンナちゃんはちょっと雑かな、でも許容範囲《はんい》だ。

あまりにも雑だと困るけど、薬効が落ちない程度に手抜きをすることは、間違《まちが》いではない。

そうじゃないと、ずっと錬成していたら大変だもんね。

錬金釜で一度にできる容量ぐらいを刻んだら、錬金釜へ入れてそれに水を注ぐ。

そして混ぜながら温める。

まずここで魔力《まりょく》を結構使う。

それが終わったら発光する癒《い》やしの魔力を注ぐ作業だ。

これも結構魔力を使うんだよね。

ポーションは意外と魔力食いだ。

だからこそ、錬成し続けることができる量に限界がある。

ということで、新米にはちょうどいいぐらいの試験ではなかろうか。

我ながらいい試験だと思うよ。錬金術師らしいし。

実はこんなことしなくても、魔力計という魔道具をギルドに行ったら置いてあるので、魔力量自体は測ってくることができる。

しかし試験ではそれ以外も見るべき要素があるのだ。


「一回目終わりました」

早かったのは、ちょっと雑っぽいアンナちゃん。早いのは優秀《ゆうしゅう》な証《あかし》でもある。

あとの二人はそれからちょっとだけ遅《おく》れたけど、普通の範囲だった。

「二回目終わりました」

まだアンナちゃんが若干《じゃっかん》早いけど差はちょっと縮まっていた。

「三回目終わりました」

三回目終了《しゅうりょう》時点でトップを走るのはシャーロットちゃん。

結局アンナちゃんは集中力がもう切れちゃったみたいで、ちょっと作業に遅れが出始めた。

うん、そうなんだ。魔力を使うには、集中力が必要だ。単純に魔力が高いだけでは駄目《だめ》だったりする。

「はいどうも。じゃあ四回目行ってみよう」

「あの、どこまで続けるんでしょうか」

「えっとね、二人が脱落《だつらく》するまでだよ」

「ひえぇっ、は、はい。では四回目行きます」

シャーロットちゃんは怯《おび》えつつも、四回目を始めた。アンナちゃんは再度気合いを入れなおして頑張っている。

普通に作業してるのは、サマンサちゃん。ちょっと影《かげ》が薄《うす》い。


こうしてトップが五回目を終えるころに、サマンサちゃんがギブアップした。

「アンナはもう少し、頑張れます」

「シャーロットは、はい。まだ大丈夫です」

両者ともにまだいけそうだ。大変だから長い戦いにならないといいけど。

でも長い戦いになるほうが、錬金術師の腕《うで》がいいということになる。

「八回目できました」

淡々《たんたん》と報告したのは、結局シャーロットちゃんだった。

序盤《じょばん》から早かったけど、そのペースを保ち続けて、集中力も続いていた。

「八回目できました、もう、げふ。無理です」

ギブアップしたのは遅れて八回目をこなしたアンナちゃんだ。

この戦いを勝利したのはシャーロットちゃんだった。

彼女《かのじょ》は普通に九回目を作っている。

「九回目できました」

そのまま完成させた。

「はい、終了です。勝者、シャーロットちゃんです」

うん。この勝負、実は早さ勝負ではないのだ。どれだけ同じ作業を時間あたり効率よくできるか、という勝負だったりする。

ペースを乱されて、波があったアンナちゃんは実力を発揮できていないかもしれない。

しかし錬金術師には、そういうイザというときの冷静さとか『淡々とこなす』という力はとても重要なのだ。

「出来とかもチェックしたけど、シャーロットちゃんは安定してたんだよ」

「はい、ありがとうございます」

ぱちぱちぱち。

「そういうの全部ひっくるめて見ても、やっぱりシャーロットちゃんを弟子にしたいと思います」

健闘《けんとう》を称《たた》え合う。みんな仲良くできて偉《えら》いね。妬《ねた》みみたいなのもありそうなのに、いい笑顔《えがお》だった。

桃色髪《ももいろがみ》のツインテールのシャーロットちゃんが弟子になった。弟子はメイドのマリーちゃんと違《ちが》って住み込《こ》みとなる。いわゆる内弟子というものだ。

「じゃあシャーロットちゃんは布団《ふとん》と枕《まくら》を持ってきてくださいね」

「え、あ、はい」

弟子の布団まで買うお金はないから持ってきてくんなまし。貧乏《びんぼう》な師匠《ししょう》でごめんよ。

でもご飯はちゃんと食べさせてあげるね。

あ、誕生日は私のほうが二週間早いから、お姉さんだよ。ねー。

「では、届けさせるように手配してきます」

「はいはい」

シャーロットちゃんが出ていく。

自分で持ってくるのではなく、届けてもらうんだな。まあそうか布団大きいもんね。

今は夏布団だけど、冬はどうしようかな。


ささ、シャーロットちゃんが来る前に、料理をしないと。

燻製《くんせい》肉をたっぷり入れたスープ。塩、胡椒《こしょう》もけちけちしないで使った。

ちょっと高かった葉物野菜を使ったサラダも作った。

それから普通のパン。パンはごめんね普通だよ。

高い白パンは高級品で、値段が倍以上するから、ちょっと手が出しにくい。

これはライ麦パンだよ。これでも十分に美味《おい》しい。ちょっとだけ固いのが好みが分かれるみたいで、私は固いのも食べごたえがあっていいと思う。ちなみに買い置きで、普通の人はパンを自作したりはしない。


「ただいま戻《もど》りましたぁ」

シャーロットちゃんの甘《あま》い声が聞こえる。

後ろには大きいおじさんが布団を抱《かか》えてきていた。

あ、なんか布団高そう。いいやつに違いない。あれ、この子はブルジョア族なのだろうか。

売れない錬金術師の貧乏な家で毎日のご飯もやっとの底辺の生活、とか思ってたのと違う。

まあ裕福《ゆうふく》なら裕福で、別に問題そのものはない。

ただイメージと違っただけだよ。他意はないよ。

あ、自分の実家と重ねてたんだね。分かった。王都の錬金術師はちゃんと生活できていたんだ。よかったよかった。


向かい合うとシャーロットちゃんのほうが小さい私より更《さら》にちょっと小さい。

ほんのちょっとだけど、私のほうがお姉さんだ。

そう思うと、とたんにかわいく思えてくる。

「はい、おかえりぃ。いいこいいこ」

頭をなでなでする。お、触《さわ》り心地《ごこち》も悪くない。これはいいものですぞ。

ポムも忘れてないよ。ちょっと主張してくるから、次に撫《な》でておいた。かわいいやつめ。うりうり。

こうしてスキンシップをしたりして、そして。

ミレーユ家恒例《こうれい》の一緒《いっしょ》にお風呂《ふろ》タイム。

私とシャーロットちゃんとそれからポムでお風呂に入る。

脱衣所《だついじょ》に二人と一匹《ぴき》で向かう。

「一緒にお風呂入ろうね。ぐへへ」

「ぐへへってちょっとミレーユ先生」

「だってこんなに腕だってすべすべだから若い女の子は楽しみだなぁ」

「むむむ、ボロランさんにだって裸《はだか》なんて見せたことないのに」

「ボロランさんは男の人じゃん」

「そうですけどぉ、お手柔《てやわ》らかにお願いしますね」

「うんっ」

さらさらっと服を脱《ぬ》いで、湯船につかる。

「極《ご》らく、極らく。シャーロットちゃんもどうぞ」

「では、失礼します」

湯船に入ってくる。もちろんタオルとかは無しだよ。

「うわぁ、きもちーぃ」

「でしょぉ、ほらお風呂いいでしょ」

「そうですねぇ」

そうしてさてお体チェックのお時間です。

むむ。胸が私より、ちょっとある。私のほうがお姉さんだと思ったのに、違ったらしい。惨敗《ざんぱい》だった。

そのうえお肌《はだ》はすべすべで、さすがだった。

「すごいツルツルだぁ」

「きゃぁ、もう。先生、ああんっ」

「えへへ、ポムにも負けない肌触《はだざわ》りだー」

「ポムと比べるなんて卑怯《ひきょう》ですー」

まあこんな感じにお肌の触《ふ》れ合いをしたのだった。


二つ並んだベッドで、それぞれお布団に入る。

一緒の部屋で誰かと寝《ね》るというのは、なんだか懐《なつ》かしい気分だけど、ほとんど記憶《きおく》がない。

人がいるっていうだけで、ちょっと安心。

これが怖《こわ》い人とだったら不安なのだろうけど、シャーロットちゃんは、いい人そう。

勝手な想像だけど、一緒にこれからやっていけそうな気がする。

「それじゃあ、シャーロットちゃん。おやすみなさい」

「はい。ミレーユ先生、おやすみなさーい」

安心して寝た。


「おはようございます」

「あーおはよう、ございます」

ちょっと朝、目が覚めたらもうシャーロットちゃんは起きていた。

「シャーロットちゃんは朝早いの？」

「いえ、ちょうど起きたところですよ」

「そうなんだ。私より早いからびっくりしちゃった」

「朝ご飯はワタシが作りますね」

「あ、うん。ありがとう」

シャーロットちゃんが作ってくれるらしいので、せっかくだから甘えてしまおう。

特に苦手とかも言ってないから大丈夫だろう。


普通にパンとスープとそれから燻製肉のベーコンと目玉焼きが出てきた。

ういうい。料理もある程度はできると。

優秀、優秀。逆に何にもなくて、困っちゃいそうなぐらいだね。

別にお姑《しゅうとめ》さんじゃないけど、粗探《あらさが》しとかしたくなったらどうしよう。

「うん、美味しい、ありがとう」

「料理は任せてください。錬金術はあんまり自信がないんですけど……」

ちょっと悲しげな顔をするシャーロットちゃん。

「あはは。いや十分だよ。十分。そこそこできればいいから。今は」

「今はですか」

「まあね。将来は秘薬とかも作ってほしい」

「秘薬ですか、すごいですね」

「作り方は結局基礎ができてるなら一緒だから、大丈夫だよ」

「それだと助かります」

少しは励《はげ》ませたみたいで、安心した顔になった。

そういう顔はかわいいから好きだよ。


こうして朝ご飯を終えた。

そして、マリーちゃんがやってきた。

マリーちゃんは弟子ではないので通いになっている。いつもメイド服で出勤して、夕方帰っていく。たまにお風呂にも入るけど。

一方のシャーロットちゃんは内弟子というのか、おうちに住み込みだ。普段《ふだん》はミニスカメイド服だけど、夜はちゃんとパジャマを着ている。

こんな感じで、一緒に生活することになった。

いい子ではありそうで、助かってる。

お姉さんも頑張んなくちゃね。

◇

契約《けいやく》では畑もレンタルすることになっていた。

それが整ったので、みんなで畑に来ている。

「ここがミレーユちゃんの畑です」

「ありがとうございます。メイラさん」

今日はメイラさんが立ち会っている。マリーちゃんももちろん今日は来ていた。

「思ったより広いですね」

「そうね。王都内だけど隅《すみ》のほうだし、まあね」

マリーちゃんの質問にメイラさんが答える。

「ほえぇ。ここをワタシが耕すんですか、さすがに一人だと腰《こし》が」

「いやいや、さすがにシャロちゃんは管轄《かんかつ》外だよ。ただ緊急時《きんきゅうじ》には収穫《しゅうかく》するかもしれないから、今日は見学」

「よかった」

ほっとするシャーロットちゃん改めシャロちゃん。仲良くなったので短く呼ぶことになったんだ。

後ろのほうから犬耳のおじさんとおばさんがやってくる。

「よう、若い娘《むすめ》ばかりだね」

「はい。よろしくお願いします」

「あいよ」

「この人たちがここの管理人をしてくれるマルボロさん夫婦《ふうふ》です」

「おお、よろしく」

どこにでもいる獣人夫婦だった。笑顔が眩《まぶ》しい。やり甲斐《がい》を感じているらしい。

「ただの畑ではなく、みんなを癒やすお薬を作る仕事だというから、名誉《めいよ》なことですたい」

「まあそうですね」

自分たちだけでお店を経営しつつ畑も耕して更に製品作りまでやると、ちょっと忙《いそが》しいどころではなくなってしまう。

ということで専属の人にお仕事をしてもらうことになった。

ちょっと給料が痛いけど、王都のポーションの値段が高めなのもあって、なんとか大丈夫の予定だよ。

「そーれ、鬼《おに》ごっこだ。いくよシャロちゃん」

マリーちゃんが叫《さけ》んで逃《に》げていく。

「ああ、待ってください。そんなワタシ……」

シャロちゃんが追いかけていく。

二人は顔を合わせてから日が浅いけど、歳《とし》も同じだし、すぐ仲良くなった。

広い畑を走り回っていく。

ここの畑もクズ魔石を粉々にしたものを撒《ま》いて、魔素を濃《こ》くする予定だ。


「あ、そうそう、あのオレンジの木とレモンの木、切り倒《たお》したりしなくていいので、そのままでお願いします」

「はいよ」

土地の隅のほうにオレンジとレモンが植わっていた。そのまま活用しよう。

特にオレンジはポーションの風味付けに使うので、普段から使用量がそれなりにあった。

「実は、ちょっとずつ収穫していきましょうか」

「はいよ。ミレーユ嬢《じょう》様」

必要な分だけ実は順次収穫していって、使っていこうと思う。今も結構な数のオレンジとレモンがなったままになっている。

借り主がいないと、こういう木は基本放置なので、ここの木も放置されていたらしい。それで今年は収穫時期に誰も手を出していなかったようだ。

ホーランド商業ギルドが地主だから、農家に土地を貸したり、農家を雇《やと》って収穫とかすればいいんじゃないかと思うんだけど、タイミングとか事務処理とかいろいろあるのだろう。

よく分からないけどね。


この前試験で大量生産されたポーションは、うちのお店のポーションとしては増幅剤《ぞうふくざい》が入っていない低級品なので、特価で販売《はんばい》した。

王都としては普通の性能のポーションを特価、半額で売り出した。

しかしどんなにお得で王都といっても、宣伝しないとお客さんは来ない。

ポーションは必要がない人には本当に不要なので、なかなか口コミも広がらず、ものすごい売れまくりとかには、ならなかった。

それでも普段の倍くらいのペースで売れていって、最後のほうはすぐに売れてしまった。

ポーションの使用期限内に全部捌《さば》けて、万々歳《ばんばんざい》だった。


「はぁはぁはぁ、疲《つか》れましたミレーユ先生」

「あぁ、遊びました、遊びましたよ。ミレーユさん」

疲れたのはシャロちゃん。うれしそうな顔なのはマリーちゃんだ。

マリーちゃんのほうがおてんば娘なのだな。見た目は黒髪《くろかみ》さらさらでお嬢様風なのにねえ。

シャロちゃんはピンク髪ツインテールで元気いっぱいに見えるけど、逆でこちらがお嬢様らしい。

体力づくりも必要なら、定期的に鬼ごっことかしてもらってもいいかな。

私はハシユリ村で山の中を延々歩いたりしたので、体力にも自信がある。

王都っ子はそういう意味では、運動とか苦手そうなイメージがあるね。

6章　いい匂《にお》いとグラノーラだよ

「オレンジのいい匂いですね」

「だよねぇ」

今日は試《ため》しにお風呂《ふろ》にオレンジの入浴剤《にゅうよくざい》を入れてみたのだ。いい匂い。

オレンジの匂いのポーションを元に、オレンジの芳香剤《ほうこうざい》、それから石鹸《せっけん》、更《さら》に入浴剤を錬金術《れんきんじゅつ》で作ってみた。

こういう特定のものの特性を抽出《ちゅうしゅつ》して使うみたいなことは錬金術の得意分野だ。

翌日から売り出してみて、特に石鹸が人気だった。かなり売れた。

「他のも作ってみよっか」

「はいっ」

シャロちゃんとも協力して、いろいろな商品を作る。

レモン系、あと以前話していた紅茶の匂い、それからラベンダー。

私が個人的に好きなのは桃《もも》の匂いだった。

固形石鹸とは別に液体石鹸の桃の匂いのシャンプーも作った。

はすはす。すーはーすーはー。

お風呂上がりのシャロちゃんの桃色の髪《かみ》の毛の匂いを嗅《か》ぐと、この桃の匂いがした。

甘《あま》い感じのとってもいい匂いだった。

これは売れる。


桃のシャンプーや石鹸、それから入浴剤は、飛ぶように売れた。

ちょっと生産が追いつかない。まあ他の製品も作っているんだけど、午後にも裏でひっそり追加生産したくらい。

王都にはいくつかのお風呂屋さんがあるんだけど、そのうちの一か所で、この桃の匂いのお風呂が作られた。

そこの銭湯は、たまたま浴槽《よくそう》が温度とかでいくつかに分かれている構造だったのだ。

私たちの桃の匂いセットに注目して、導入してくれた。

そのお風呂屋さんは、今やみんなに大人気だ。

もちろんお風呂に興味ない人もいるにはいる。特に男だけの冒険者《ぼうけんしゃ》君たちとかね。

みんなにもお風呂入ってほしいなぁとは思っているんだけど、アピールする機会も場所もないんだよね。


「みんなでお風呂ですね、ミレーユ先生」

「そうだね。楽しみだね」

「はいっ」

シャロちゃんもお風呂好きでよかった。

他にも、マリーちゃん、それからメイラさんも誘《さそ》ってみた。

女の子ばかり四人で連れ立ってお風呂屋に向かう。

まあ、男の子がいてもお風呂内は男女別だから一緒《いっしょ》に入れないしね。

ボロランさんは男だけど、誘ったら来るかな。あ、一人だけでも来そう。お風呂上がりの女の子をじろじろ見たりしそう。誘わなくてよかった。


銭湯に到着《とうちゃく》した。

入り口で人数分の料金を支払《しはら》って、中に入る。

このところの売り上げ上昇《じょうしょう》で、懐《ふところ》にもちょっとだけ余裕《よゆう》があった。

まあ月末に布団《ふとん》代と不動産料を支払わなければいけないんだけども。

みんなで脱衣所《だついじょ》でぬぎぬぎする。どの子もお肌《はだ》つるつるすべすべだ。

掛《か》け湯をして、洗い場に向かう。

そこで設置されている桃の匂いの石鹸とシャンプーで頭や体を洗った。

周りもお年寄りから若い子まで、たくさんの人が利用していた。よかった。石鹸もシャンプーも好評のようだった。

そしてやはり桃の匂いのお風呂に入る。

とってもいい匂い。

温かくて、広くて、のびのびできる。とっても快適。

基本的に一般庶民《いっぱんしょみん》は、お風呂セットとか持っていないので、全部コミコミになっている。

持ち込《こ》み制にしたほうが値段は安くできるけど、ここはちょっとだけ高い代わりに利便性が良かった。

タオルとかもレンタルに含《ふく》まれている。

ほとんど何も持ってこなくていい。すごい。


「あ～あ～あ～」

「いい匂い～～」

「極楽《ごくらく》だよぉ～」


みんなの声がお風呂内に響《ひび》く。とってもいいお風呂でございました。

しいて問題点を挙げるとしたら、食用としてもとっても美味《おい》しい桃を、加工に使っているという点だろう。

食べたら美味しいだろうと思う桃が、石鹸とかにされていく。

作業してても、食べたくなってしまう。これはまずいですよ。

そう言いつつ、シャロちゃんとマリーちゃんと一緒に、おやつに桃を失敬して、食べたりした。

いやあ、我慢《がまん》できなかったんだよね。材料だけどちょっとだけ食べた。

美味しかったです。

◇

石鹸など匂い系のものがそこそこ売れるようになってきてお店は順調だ。

でももっともっと売り上げを伸《の》ばしたい。

というのもより高性能の錬金術商品を作るにはその材料費だけでもかなりの出費がかかる。

中級ポーションの量産もまだだし、鏡とかも作りたいとなると、投資費用はかなりのものだ。

だから売り上げはあったらあっただけいい。

ポーションを使うのは非常時のみ。匂い系のものはたまに。練り薬草は常備薬だから一度買ったら当分は必要ない。お茶は毎日飲むけど、消費量はそこまでないので、たまに買えばいいだけ。

そうなると売り上げはそれほど多くないのだ。

そこで注目したのは食料だった。

携帯《けいたい》食料を開発しよう。開発といっても元ネタはある。

グラノーラだ。村ではそれなりに作られていた。

グラノーラとは、蜂蜜《はちみつ》や砕《くだ》いた穀物を焼き固めたものだ。村人はスティック状にして食べていた。

作り方は別に錬金術はあまり関係ないけど、固めたりする作業をするには錬金術を応用すると、ともいい。

ということで村でも作っていた通りに、穀物を買い集めて、蜂蜜を使って錬金術を駆使《くし》して固めていく。この作業は私はもちろん、シャロちゃんも普通《ふつう》にできたので、二人で量産した。


「グラノーラっていうやつください」

お客さんはすぐに増えた。というのもポーションを買いに来た冒険者の人たちが、携帯食料としてグラノーラを愛好してくれだしたのだ。

そして冒険者の横の繋《つな》がりで、あれよあれよと話が伝わっていき、どんどん冒険者の人が買いに来るようになった。

「携帯食料とかいうのくれ」

「グラノーラくだせい」

「グラノーラくれ」

ちょっと荒《あら》っぽいのが冒険者の特徴《とくちよう》だ。行儀《ぎようぎ》がいい冒険者もいるけど、少数派だろう。

中には街の中で日雇《ひやと》いみたいに働いている人も、手軽なお昼ご飯としてグラノーラを買っていってくれる。

一番ターゲットに考えていたのは、野営での携帯食だったので、町でも普段《ふだん》から食べるのは予想外だった。

もう一つ予想外だったのは、蜂蜜味だったので、子供たちがおやつ、栄養補助食品として食べたいという話があった。

王都では食料不足から痩《や》せている子も多い。グラノーラで栄養価の高いおやつが食べられれば、少しは足しになると思う。


「わーい。お姉ちゃん、グラノーラちょうだい」

「グラノーラください」

「グラノーラ美味しいよね。三つください」

子供たちも、こうして頻繁《ひんぱん》に買いに来てくれるようになった。ついでに子供たちが使うポーションもうちの店で買ってくれるようになり売り上げに貢献《こうけん》している。

ただ、前も言ったけど、蜂蜜はやや高い。原材料のコストが高いから利益率はあんまりよくない。

それから小さい乳幼児は食べちゃ駄目《だめ》というのを徹底《てってい》しないと事故が起きてしまう。

蜂蜜が乳幼児に危険なのは経験的に知られているだけで、なぜなのかは解明されていないはず。

ポムはというと前、蜂蜜飴《あめ》が好きだったからか、やっぱりグラノーラも好きみたいで、口に咥《くわ》えて食べていた。

よく常連のお姉様が手に持って、ポムにグラノーラを食べさせているのを見るよ。

飴はあげたら終わりだけど、手に持ったままなのが人気らしい。

「はいポムちゃん、グラノーラですよ」

「きゅっきゅっ」

もぐもぐもぐと食べるポムは見てるとかわいい。まぁ、お姉様たちの気持ちも分かる。

私はというと、グラノーラを催促《さいそく》するシャロちゃんに、スティック状のグラノーラを手で持ってですね。

「はい、あーん」

「あーん、んっ」

とまあこうやって食べさせるのがわりあい楽しいです。

ポムと一緒で手に持ったまま、ぱくぱく食べていくところがなんか楽しい。

◇

借りた畑にあるレモンとオレンジの木の周辺には、錬金術にもちょっと使う有用な小さな赤い実をつけた木が何本も植わっていた。

「あぁぁあ、赤い実がほとんどなくなってる！」

叫《さけ》んだのはマリーちゃんだ。私と一緒にお使いでその赤い実、ボブベリーの実を採りに来たのに、すでにだいぶなくなっていたのだ。

「な、なんでぇ」

盗難《とうなん》、泥棒《どろぼう》だろうか。畑は別に柵《さく》とかで囲われてはいない。周辺には背の低い垣根《かきね》はあるけど、ところどころ通路が開けられていて、基本オープンになっている。

しばらくちょっと離《はな》れて見張ってみるも、鳥が数羽その辺を飛んでいるだけだった。

「泥棒じゃないのかな」

泥棒だとしてもこんだけ持っていったなら、もう来ないのではないか。

木に近づいてみたら、鳥が一斉《いっせい》に飛び立っていった。

ばたばたばたばたばた。

すごい、かなりの数だった。あんなに木に鳥がいるとは思っていなかった。

「あぁ、泥棒は鳥さんだったんですね」

「そうみたいだね」

実はあまり美味しくなく、錬金術素材としては口に入れることもあるけど、普通は食用にはしない。だから油断していた。

鳥さんたちには、ご馳走《ちそう》だったんだね。うっかりしていた。王都周辺はあまり緑も豊富ではないから、美味しい実があれば鳥が集まってきて食べ尽《つ》くしてしまうのだろう。

「うっかりですね」

「そうだね、マリーちゃん、残りは少ないけど、私たちがいただこうか」

「はいっ。頑張《がんば》って採りますね」

こうして私とマリーちゃんで、ボブベリーを収穫《しゆうかく》した。

半分以上、いやもっと、四分の三は食べられてしまった。

この実は中級ポーションの中和剤《ちゆうわざい》、添加物《てんかぶつ》だ。中級ポーションをこれから量産して収入の中核《ちゆうかく》を担《にな》ってもらう予定なので、ボブベリーは重要物質なのだ。

まぁ、タダで手に入らなくなっただけで、買ってくればいいんだけど、なんかとても損した気分だった。


「これ美味しいのかな。色は美味しそうだけど、はむ。うげ、マズ、ぺっぺっ」

「あはは、人間にはあんまり美味しくないね、ボブベリーは」

「そんなぁ、先に言ってくださいよ」

「言う前に食べちゃうんだもん」

もうマリーちゃんの食いしん坊《ぼう》さんめ。

まあ、見た目は真っ赤に熟していて、ツヤツヤで瑞々《みずみず》しい。美味しそうに見えるんだけどね。

実際はこの通りで、あんまり美味しくない。

私も小さいころ、美味しそうと思って食べて、不味《まず》い思いをしたのを鮮明《せんめい》に憶《おぼ》えている。世の中は非情だと、知ったのだった。あははは。

ちなみにポムは食べるかというとですね。

「はい、ポム。ボブベリー食べる？」

「きゅっ」

ん。ちょっとうれしそうだ。口を開けている。放り込むと美味しいのだろうか跳《は》ねた。

どうやら食べるらしい。まあポムはポーション素材の薬草とか好きだもんね。

薬草もあんまり美味しくない草が多いから、どういう味覚なのかはちょっと分からないけど。

まだ中級ポーションの材料のルーフラ草が大きくなっていないので、それを待たないと。

ボブベリーは保存のため、乾燥《かんそう》処理をすることにした。

今回は天日干しにしようと思う。

荒いネットの中に入れて、お店の中庭の日が当たる空き地のところに広げておく。

これでよし。これでそれほど効力を落とさずに、日持ちするようになる。

植えたユグドラシルの木もあれからちょっとだけ大きくなった気がする。

ユグドラシルの木は、不思議な木で、一年中葉っぱが枯《か》れない。

そして古くなった葉っぱからたまに落ちる。落ちた葉っぱはもう、特効薬の効果はない。

今は高さ三十センチくらいかな。中央の茎《くき》が十センチくらい伸び、枝と葉が少し増えた。

「おおきくな～れ。王都で一番は無理だから、三番目に大きな木になるんだよ」

一番目は王宮の世界樹。二番目がメホリック商業ギルドの裏庭の木。そして三番目が私たちのユグドラシルの木だね。

そう言って、お水をあげる。ついでにクズ魔石《ませき》の粉末を少し木の根元に与《あた》えておく。

これできっと元気になるだろう。

ユグドラシルの木は王都でも普通に育つから、魔素が薄《うす》くても大丈夫《だいじょうぶ》そうだけど、たぶん魔素が濃《こ》いほうが早く大きくなる特性があると思う。

ハシユリ村の実家にあるユグドラシルの木は、魔素が濃くて普通の倍の大きさだ、というおばあちゃんの言い伝えがあるからね。

◇

「そういえば、さあ」

「なんですか、ミレーユ先生」

シャロちゃんに質問してみる。今は朝ご飯を食べ終わったところだった。

「王都の名前ってなんだっけか」

「ベンジャミンじゃないでしたっけ」

「王都ベンジャミンかぁ」

「そうです。そうです」

「いや、なんかすっごく長い名前だった気がするんだ。風の噂《うわさ》によると」

「ああ、それはですね。正式な名前はすごく長いんです。それで略《りゃくしょう》称がベンジャミンなんですよ」

「ほへぇ。長い名前は言えるの？」

「えっと、確か、ベンジャミン・ド・ルビリエ・エステラス・フェアリー・アーバミン、だったかと」

「そうなんですか。覚えられないわ。あはは」

マリーちゃんがホーランドのメイド服で出勤してくる。

「おはようございます」

「おはよう、マリーちゃん」

「おはようございます。マリーちゃん」

ニコニコしているところ悪いけど、ちょっと同様に質問してみよう。

「マリーちゃん、あのさあ。王都の正式な名前言える？」

「あ、はい。ベンジャミン・ド・ラトリア・フェアリー・エスタットス・アーバミン、じゃなかったでしたっけ」

「あれ、さっきシャロちゃんに確認《かくにん》したのとちょっと違《ちが》わない？」

「違いますね」

ちょっと困り顔のシャロちゃんに確認してみる。

「シャロちゃんもう一回」

「ベンジャミン・ド・ルビリエ・エステラス・フェアリー・アーバミン、ですね」

「すごいね、よく言えるね」

「あ、ありがとうございます」

「でも、どっちが合ってるか分かんないんだよね」

「そうですね……」

正直言えば、ちゃんと覚えられる気がしないんだけどね。でもなんかほら錬金術師は知的好奇心《こうきしん》とか大好きだから、こういうの一度気になりだすと落ち着かないよね。


いそいそとちょっと恥《は》ずかしいけどメイド服に着替《きが》えをする。

普段はメイド服を着るのは午後からだけど、しばし外に行きたい。

「シャロちゃん悪いんだけど、少しメイラさんのところに行ってくるね」

「あ、はい、調薬はおまかせください」

「あと、この紙に、王都の名前を書いておいて」

「は、はい。今すぐに」

シャロちゃんにメモをさせる。

どうしても気になってしまった。王都の名前。分からないときは、人に聞こう。

こういうときは信頼《しんらい》できる人ということで、メイラさんに聞こうと思うんだ。

「それじゃあ行ってきます」

「行ってきます。お留守番よろしくお願いします」

「いってらっしゃい」

シャロちゃんを残して、マリーちゃんと二人でメイラさんのところへ行く。

王都の中をちょっと歩いて、ホーランド商業ギルドに到着した。

「すみません。ちょっと確認したいことがありまして。メイラさんに会えますか？」

「はい、今確認してきます」

受付の好青年にお願いをする。


ちょっと待ってたら、直接メイラさんが出てきてくれた。

「おはようございます。朝からどうしましたか？　緊急《きんきゅう》かな？」

「あ、おはようございます。緊急ではないんですけど、あの」

「はい？」

「王都の正式な名前を知りたくて」

「あーあ。そうだね、何か契約書《けいやくしょ》とか書面とか必要なときとかかね」

「あ、そうですね」

「王都の正式な名前は、ベンジャミン・ド・ルビリエ・エステラス・フェアリー・アーバミン、ですね」

　私は手元のシャロちゃんのメモと比べていく。

「これ、合ってますよね？」

　メイラさんが覗《のぞ》いてくる。

「どれどれ、あ、うん。合ってるように見えるね」

「すごいですね。さすがシャロちゃん。マリーちゃんはちょっと残念でした」

「す、すみません」

「いいのいいの。普通の人はこんなのソラで言えないよね」

「そうだね。私は仕事の関係上なんとか覚えたけど」

　メイラさんも自信があるみたい。

「ちなみにどういう意味なんですか？」

「さあ。なんでも歴代の王朝が何かあるたびに改名したり付け加えたりした結果、こういうことになっているらしい。全体を通して特定の意味はないようだよ」

「へえ」

　さすがメイラさん、博識だ。これで私も一つ賢《かしこ》くなりましたとさ。

　錬金術師は知識の探究者、また何かあったら覚えよう。

◇

王都の名前を聞きに行ったあとは普通に午後の錬金術店の営業をしていた。

うちの店は飲み物試飲サービスがあるので、なかば喫茶店《きっさてん》のようになっていた。

隅《すみ》にテーブルと椅子《いす》が何組か設置してある。

特に最近は一度でいいから試飲で置いているロイヤルミルクティーを飲んでみたいという人が、ちょくちょく訪《おとず》れている。

そんな中、開けっ放しのドアから一匹《ぴき》のかわいいお客さんがやって来た。

「みぃみぃ」

ん。猫《ねこ》ちゃんだ。それも仔猫《こねこ》。真っ白い猫ちゃん。

「きゅうきゅう」

ポムが奥《おく》から跳《と》んできて、仔猫をじっと見る。

「仔猫さん。お母さんは？」

「きゅうきゅう、きゅ？」

「みぃ」

猫と言葉が通じたのかポムは首を振《ふ》る。まあ首ないけど。

そうか、お母さんとはぐれちゃったのか。

仔猫といっても目も開いているしちゃんと歩く、生後三週間以上。

ロイヤルミルクティー用だけどミルクはある。

「ミルク飲む？」

「みゃー」

お皿にミルクを入れて猫にあげる。

クンクンと最初に首を伸ばして匂いだけ嗅いで、それからぺちゃぺちゃと飲みだした。

猫の舌はブラシみたいになっていて、それで飲めるらしい。

ポムは興味津々《きょうみしんしん》で、ずっと近くで見守っている。


ミルクを飲み終わった仔猫は、ポムの伸ばした触手《しょくしゅ》と遊んでいる。

ぺちぺちと手で叩《たた》いてみたり、顔を近づけてみたりと忙《いそが》しい。

そのうち眠《ねむ》くなってうとうとしていた。ポムに寄り添《そ》って、眠ってしまった。

まるでポムがウォーターベッドみたいだ。ポムはドヤ顔でそれを受け入れてじっとしていた。

お姉様たちは、それを興味深そうに見ている。

きゃあきゃあ言ったりすることもあるし、ポムも仔猫も愛《め》でていた。

私たちは接客したりと、忙しい。仔猫はまだ寝《ね》ている。

たまに起きてちょっとその辺をうろちょろするけど、戻《もど》ってきてまたうとうとしている。

それの繰《く》り返しだった。

ポムがずっと監視《かんし》してくれているので、忙しくても安心して放っておけた。

結局閉店時間になったけど、仔猫ちゃんは出て行かないし、親猫も迎《むか》えに来なかった。


シャロちゃんとお風呂に入って、みんな寝る。仔猫もポムと一緒に寝る。

そうして二日目になったけど、仔猫は相変わらず店内で遊び回って昼寝をしている。

それから二日後、ついにお母さん猫とその飼い主の情報が回ってきた。

白い仔猫が行方不明になっているという。かなり近所だ。

お店の常連のお姉様たちからの情報だった。

仔猫を抱《だ》いて、その家に向かう。ポムも心配そうについてくる。

この辺は商業区なので、おうちがそれなりに裕福《ゆうふく》なところが多い。

うちみたいにレンタルで貧乏《びんぼう》なのは少数派だった。


「ごめんくださいい」

「まあまあ、こんにちは。あら、白い仔猫。マリーちゃんだわ」

ああ、仔猫。マリーちゃんっていうんだね。うちにもいますよマリーちゃん。

ご婦人にマリーちゃんを引き渡《わた》して、ちょっとお茶をご馳走になった。

こうして仔猫のマリーちゃんは、おうちへ帰れました。

それで話が終わったらいいんだけど。

それ以来、ご近所さんなので、マリーちゃんと母親猫、それからご婦人がうちの店にちょくちょく遊びに来るようになった。

猫はかわいいし、まあいいんだけど、ご婦人はロイヤルミルクティーがことのほか好きみたいで、よく飲みに来る。

結構高いので、お代を欲《ほ》しいくらいだ。でも試飲可ということになっているし、特定の人だけお金を徴収《ちょうしゅう》とかもできないので、ちょっと困っている。

まあ貧乏くさい悩《なや》みではあるんだけどね。

こうしてポムは仔猫のマリーちゃんとも仲良くなって、よくお店で遊んでいる。

閑話《かんわ》　マリーちゃんのお話

マリーちゃんはうちのメイドさんだ。ホーランド商業ギルド所属でうちへ派遣《はけん》されてきている。

お給料は私が出しているから私が雇《やと》ってるんだよ。

服装はホーランド標準、白と黒の普通《ふつう》のメイド服。頭にはホワイトブリム、白いエプロンに黒のロングスカート。

年齢《ねんれい》は十三歳《さい》。背丈《せたけ》は私と同じくらい。おっぱいが大きい。

目も髪《かみ》も漆黒《しっこく》で、ツヤツヤヘアーのストレートのセミロング。


そんなマリーちゃんは実家から錬金術《れんきんじゅつ》調薬店へ通っている。

実家では弟と妹が一人ずついて、一家のお姉ちゃんなのだそうだ。

まだ弟妹は仕事をする年齢ではないので、メイドさんという女の子の憧《あこが》れの職業をしているお姉ちゃんはそれはもう羨望《せんぼう》の眼差《まなざ》しを向けられている。

立派なお姉ちゃんも鼻が高いことだろう。

だからなんだ、ということはないけれど、マリーちゃんはうちではぽわぽわしている雰囲気《ふんいき》があって、あまり存在感がない人に見える。

でもお姉ちゃんのマリーちゃんはしっかりものでみんなに頼《たよ》られているんだ。

もちろん錬金術店でもマリーちゃんには大いに助けてもらっている。

錬金術という仕事は本当に作業が多い。

そしてお店なので商品を並べたり会計をしたりと、それはもう雑用系の仕事が山ほどある。

それを一手に引き受けているのがマリーちゃんなのだ。

錬金術の専門的な作業は私とシャロちゃんができるから大丈夫《だいじょうぶ》なんだけど、本当に周辺の仕事ってやってもやっても終わらない。

それにご飯の支度《したく》、お客様の相手、とかもあって毎日忙《いそが》しい。

本当に本当、マリーちゃんにはお世話になっています。これからもよろしくお願いします。


今日は小麦粉があるので、みんなでクッキーを焼くことにした。

「ほらほら、小麦粉をパンパンとふるいに掛《か》けてください」

「はーい」

マリーちゃんの指示で私が実作業をする。

錬金術には粉物も多く、ふるいもよく使う。

クッキーだって似たようなものだろう。できた生地《きじ》から順番にクッキーを焼こう。

隣《となり》では最初に焼く分の第一弾《だん》の生地をニコニコ顔のシャロちゃんが一つ分のサイズに丸めて並べていた。

「よしできた」

マリーちゃんがオーブンの予熱を温めていたのが終わったようだ。

「それではこっちはオーブンに入れますね」

「「はーい」」

マリーちゃんがクッキーを並べた鉄板を魔道《まどう》オーブンに入れる。

これは魔力を使って動作する魔道具の一種で、家を借りたときに付属していたものの一つだ。

るんるんるん、とクッキーが出来上がるのをみんなで待った。

「いい匂《にお》いしてきましたね」

マリーちゃんが鼻をすんすんさせて言う。その表情がなんだかかわいい。

「うん」

「ふふふ、いい匂いです」

おっとりとシャロちゃんも同意してくれる。

ウキウキしたマリーちゃんがクッキーをオーブンから取り出すと美味《おい》しそうな匂いが部屋中に広がった。

オーブンの鉄板を取り出して冷ます。この待ち時間が非常につらい、お腹空《なかす》いた。

「そろそろいいですか」

「そうだね。それじゃ一枚ずついただこうか」

「はい」

私の了解《りょうかい》を得てクッキーに手を伸《の》ばす。

サクッ。

「美味しいです」

「美味しいぃぃ」

「うん、美味しいね」

みんなで美味しいと言って、紅茶を飲む。えへへ、あらかじめ準備しておいたのだ。

それもホーランド商業ギルドの特上品の紅茶。こちらもいい匂いがしている。

「えへへ」

私がにへらと笑うと、みんなもうれしそうだった。

マリーちゃんもいて私の生活は成り立っている。本当に今ではいてくれないと困ってしまう。日々、感謝感謝だった。こうして幸せな日々が続くといいな、とふと思った。

◇

ある日。マリーちゃんが朝、なかなか出勤してこない日があった。

「シャロちゃん。マリーちゃん遅《おそ》いね」

「そうですね。何かあったのかも」

シャロちゃんは何かと心配性《しんぱいしょう》だ。優《やさ》しい子なのだ。

連絡《れんらく》手段もないし、先に今日の錬金《れんきん》アイテムの製造に入っていよう。

「今日もねーるねるねる、ねるねるね」

ポーションをこねこねする。

「すみません！　遅《おく》れましたっ」

マリーちゃんだ。急いできたのだろう。汗《あせ》をかいているし、息も荒《あら》い。

「どうしたの？　心配しちゃった。こっちは大丈夫だよ、落ち着いて」

「ありがとうございます。実は弟が熱を出してしまって……」

風邪《かぜ》をひいてしまったらしい。

お母さんが看病してくれることになったのだそうだけど、その手伝いをしていて遅くなってしまったそうだ。

「なんだ、それなら今日はマリーちゃんお休みにする？　こっちは何とか回すから」

「ありがとうございます。それじゃあ私、やっぱり心配なので戻《もど》ります」

風邪で死んじゃう人は少ないもののゼロではない。

それに症状《しょうじょう》が悪いと苦しかったりする。

「昨日の残りのポーションもあるし、今日は少なめでもいいよね。それじゃあ私もマリーちゃんちに一緒《いっしょ》に行くよ」

「ミレーユさんもですか？」

「これでも錬金術師だから風邪くらいなら知識もあるのです。えっへん、おまかせよ」

「そうですよね。村のお医者さん代わりだったんでしょう」

「そうそう。そんな感じ」

ということで突撃《とつげき》、お宅訪問となった。


マリーちゃんの家は錬金術調薬店から見て貧困街《ひんこんがい》がある方向で、その手前くらいにある。下町の区画だった。王都の中では普通階級の人々が多く住んでいる。

マリーちゃんが家の扉《とびら》を開けて中に入る。

「ただいま～。エルラは平気？　トーマは風邪、大丈夫？」

「私は何ともないから平気だよ」

「うん、母ちゃんがいるから大丈夫。それよりマリー姉ちゃんメイドの仕事は？」

弟妹の声が家の中から聞こえてくる。マリーちゃんに続けて家に入ると、なるほどマリーちゃんに似ていてかわいらしい。

「お姉ちゃん、この人は？」

「この人が錬金術店のミレーユさんだよ。寝《ね》てるのがトーマ、こっちがエルラです」

エルラちゃんが隅《すみ》っこで頭を下げる。

上の子のトーマ君は十歳前後。マリーちゃんに似た色の短髪黒髪《たんぱつくろかみ》。

下の子は八歳くらいだろうか。エルラちゃんは茶髪《ちゃぱつ》のセミロングだった。

エルラちゃんが出てきて、マリーちゃんに頭を撫《な》でられている。

「トーマはちゃんと寝てた？」

「うん」

「お母さんは？」

「今、井戸《いど》に行ってる」

この辺は井戸がご近所と合同になっていて個々の家にはない。

井戸を掘《ほ》るのだってタダではないのだ。

「どれどれ」

私がベッドのトーマ君の様子を見る。

熱はあるようだけど、他の症状はほとんどないようだ。一般《いっぱん》的な風邪だろうと当たりをつける。

「風邪だね。寝てれば治るだろうけど熱があるから、低級ポーションを飲もうか」

「うん……でもあれあんまり美味しくなくて」

「今回はオレンジ味だから」

「分かった」

トーマ君にオレンジ味の改良型低級ポーションを飲ませる。

マリーちゃんが心配そうにその様子を見ていた。弟妹思いのいいお姉さんなのだろう。

「トーマどうかな？」

「姉ちゃん、そんなすぐ効かないよ、大丈夫だって」

「そっか」

優しそうに微笑《ほほえ》んでトーマ君を見ていた。うんうん、心配なのは分かるよ。

さてポーションを飲んだので、もうひと眠《ねむ》りさせる。

「ミレーユさん、どうですか？」

「風邪は大丈夫そうだね」

「よかった」

「他は、手がちょっと荒《あ》れ気味かな？」

そっと手を撫でて、見てみると小さな傷が目立った。

「弟もだけど妹も、水仕事とか手伝ってくれるから手が荒れてしまって」

マリーちゃんが少し困ったような顔で教えてくれる。

「なーにお姉ちゃん、手？」

「うん」

エルラちゃんにも手を見せてもらう。確かに手がカサカサだ。小さな切り傷もある。

「なるほど、ポーションを使うほどではないかもしれないけど、改善はしたいよね」

「はい」

「考えてみるね」

こうして診察《しんさつ》が終わった。

再び錬金術店に戻ってくる。

一通り午前中の作業をして午後の販売《はんばい》も終わって夕方。

「さて、じゃあちょっと研究しますか」

「研究ですか？　先生」

「うん、シャロちゃん。クリームとかどうかなって」

「あぁ、マリーちゃんの弟さんと妹さんの手が荒れちゃうって言ってましたもんね」

「そうそう」

低級ポーションでは大げさだなってときで、かといって練り薬草では効果が薄《うす》いもの。

熱があるときは練り薬草でもいいけど、できればポーションがいい。

練り薬草は軽い風邪や喉《のど》が痛い時、頭痛とかにいいと思うんだけど、いかんせん外傷にはあまり効果がない。

あかぎれ、擦《す》り傷とかに特化した美容クリームのようなもの、だろうか。

「そうだね。まずはスライム粉末に水を多めに入れて練ってみればいいかな」

薬草とスライム粉末を加熱して錬金釜《がま》で乾《かわ》かせば練り薬草や飴《あめ》のようなものになる。

そうではなくて水分を多く残したままクリーム状にしてみる。

「おおぉ、先生いいじゃないですか、これ」

「うん、なんか思ったよりずっとそれっぽくなったね」

練っているうちに空気が入り、白っぽい薄緑《うすみどり》のクリームが完成した。

「じゃじゃーん。手指の傷にハンドクリーム」

「おおぉお」


後日、マリーちゃんに現物を見せてみる。

「わぁ、ミレーユさん、いいです。とってもいいですよ」

マリーちゃんにもほめられた。

「これで弟と妹の手荒《てあ》れも改善できます、ありがとうございます！」

こうしてマリーちゃんの弟妹の手荒れ問題も無事に解決することができた。

評判は上々でアメニティグッズとしてお店で配ったりしている。

7章　中級ポーションだよ

七月になった。今月の土地建物代、それから布団《ふとん》代、あとは材料費、マルボロさん夫婦《ふうふ》の給料とか全部滞《とどこお》りなく支払《しはら》いができた。

私と同じ水準のミルル草の実を使った改良型低級ポーションを、シャロちゃんも問題なく作れるようになっている。

結構魔力《まりょく》の入れ方のコツを掴《つか》むのが難しいので、思った以上にシャロちゃんは錬金術師《れんきんじゅつし》の適性が高いようだ。安心だし、感心だわ。

そして畑、中庭のルーフラ草が魔石を与《あた》えたからか、予想以上の生長でもう収穫《しゅうかく》可能サイズになっていた。

もちろんポーションの材料に使う場合、一番利益率が高くなる生長具合はもっと倍くらいの数の葉っぱになってからだけど、それまで待っているのもだるい。

まだまだ若葉だけど、薬草としてはもう十分に使えるはずだ。

葉っぱの状態を確認《かくにん》する。

「よし、いいね。いよいよ中級やろうか」

「はいっ」

「ついにですね」

マリーちゃんとシャロちゃんに確認する。まぁ、意見表明みたいなものだ。

たまたま借りた畑の隅《すみ》に生えていた赤い木の実、ボブベリーもある。これはミルル草の実みたいに、加えると薬効が安定するようになる。中級ポーションのほうが加える魔力が多いので元々不安定なのだ。だからボブベリーは必須《ひっす》だった。

実際にはボブベリー以外にもいくつかの植物が利用できる。

中級ポーションといっても基本は同じ。薬草を水と一緒《いっしょ》に煮《に》て、薬草から薬効成分を水の中に抽《ちゅう》出《しゅつ》する。

煮た薬草水に安定剤《あんていざい》となるボブベリーを投入する。

そこに癒《い》やしの魔力を注いで、薬草の回復効果のある成分との相乗効果を起こすことが重要なのだ。

魔力を注ぐとやはり発光して、それから収束する。

魔力を止めて、薬草水に癒やしの魔力が吸収されたら、発光が収まって完成。

「はい、これが中級ヒーリングポーションです」

「わあぁ」

「すごいです」

はぁ、無事に完成してよかった。必ずうまくいくとは限らないから。

綺麗《きれい》な水色のポーションは間違《まちが》いなく中級ポーションだった。

ちなみにポーションの品質とは一般《いっぱん》的には含《ふく》まれる癒やしの魔力量に比例していると言っていい。

錬金術師は多かれ少なかれ、ポーションの魔力を手で持ったりすると観測できるので、それがただの薬草水かそれともポーションか、どのくらいのポーションかなどが判別できる。

中級ポーションは王都では、材料のルーフラ草をいくつかの偉《えら》い錬金術師の家で独占契約《どくせんけいやく》していて、他の錬金術師はルーフラ草を手に入れられないので、中級ポーションの製造もできなかった。

そして商業ギルドに卸《おろ》されている中級ポーションを見せてもらったのだけど、品質はあまりよくなかったのだ。

これはちゃんとした中級ポーション作製が急務だと思っていたのです。


「最低限の必要量は私が作るけど、シャロちゃんもできるようになってもらいます」

「あ、そうですよね。自信ないけど、が、頑張《がんば》ります……」

「マリーちゃんはボブベリーの確保、入手先を探すのをお願いします」

「は、はいっ」

ボブベリーはたくさん鳥さんに食べられてしまい、年間を通して使う分だと足りないのだ。

他の代替《だいたい》植物でもいいけど、できればボブベリーがいい。

違《ちが》うのを使うと品質が安定しないし、ポーションが正しく作れるか分からないからだ。

文献《ぶんけん》や知識では大丈夫《だいじょうぶ》となっているけど、それが正しいかはやってみるまで分からない。

午後になった。メイド服でお店をやる。

『中級ポーション、始めました』

という幟《のぼり》を作ったので、お店の前に出しておいた。

マリーちゃんとシャロちゃんにお店をお願いしてしまう。

「じゃあ私はちょっとホーランドに行ってきます」

「あ、はい。いってらっしゃい」

「いってらっしゃい」

できたばかりの中級ポーションを十二本、ホーランド商業ギルドに持っていく。

「メイラさんいますか」

「はい。おりますよ。この時間は空いていると思います」

「ありがとうございます」

いつもの青年の受付係さんに呼んできてもらう。

やっぱり同じように、メイラさん自ら出てきてくれる。

「やあ、どうしたんだい。ミレーユちゃん」

「はい。メイラさん。あの、中級ポーションができまして」

「おお、話には聞いていたけど、ついにか」

「はい。ついにです」

リュックサックからポーションを取り出す。

メイラさんは渡《わた》されたポーションを掲《かか》げてまじまじと中身の色を見ていた。

「水色のポーション。見た目は確かに。どれどれ含有《がんゆう》魔力も、うん。確かに中級ポーションだな。だが、ちょっと魔力が多くないかいこれは」

「私の村ではこれぐらいでしたよ」

「そうなのかい？」

「はい。王都の中級ポーションが、その、言いにくいんですけど、低品質なんだと思います」

「ああ、やっぱりそういうことか」

「はい」

「中に入ってくれ。話をしよう」

「え、あ、はい」

メイラさんに連れられて中に入った。

いつもの調度品があって高そうな絨毯《じゆうたん》とソファーの部屋だ。

「このポーション、澄《す》んだ水色。間違いなく高級品だ」

「まあ、うちでは普通《ふつう》レベルのですけど」

「これで普通なのか。特別製とかではなくて」

「はい」

「普通の中級ポーションより高く売ろう」

「え、でも王都のポーションは高いから、それだともっと高くなって、一般庶民《しょみん》だと困っちゃいます」

「まあそうだな」

「できればその、安く売りたいなって」

「駄目《だめ》だ」

「えっでも」

「低級ポーションは軽い傷とか怪我《けが》にしか効かないから、見逃《みのが》してもらえていた」

「あ、はい」

「しかし中級ポーションはそうはいかない。これは利権が絡《から》んでいる」

「ですよね、まあ知っています」

「だから安くていいポーションなんて消費者からすれば最高だけども、他の錬金術師が黙《だま》っていない」

「ですよね」


メイラさんとその後も話し合いをした。

意見は平行線。私は安くていいポーションを売りたい。メイラさんは他の錬金術師やメホリック商業ギルドとの抗争《こうそう》になるとして、今までのものより高く売ることを主張した。

「じゃあ、あの、うちで直売で売る分だけちょっと安くして、他に卸すものは、ちょっと高いものということで」

「うーん。それならいいかな。直売では大して売れないしな」

「そうですよね。メインはお医者さんのところとかですし」

「だよな。うちのギルドに加盟している医者のところには通達を出すから、必要量を卸してくれ」

「分かりました」


そうなのだ。

商品は自分のお店で売るだけではない。

ギルドを通じて、関連するお店でも、売り買いしてくれる。

実は面倒《めんどう》くさかったから言わなかったけど、石鹸《せっけん》やシャンプーなども、うちの店で作ったものを、雑貨店やここの本店などで扱《あつか》ってくれている。

値段はうちの店で直接買うよりちょっと高くなる。うちは卸値《おろしね》で買ってもらうので、ちょっと利益は安くなるんだけど、それでも販路《はんろ》が広いことは重要だった。

ということで、街の他のお店では品質が高く高級品の中級ポーションということで扱う。

でもうちで直接買うぶんには密《ひそ》かに中級ポーションということで、買えるようにしてもらった。

お金がないならうちまで買いに来てくれる、といいな。

自分のお店では安く売れるなら、勝ちではないだろうか。


そうしてお店に戻《もど》ると、なにやら人だかりができていた。

「品質のいい中級ポーションが安いって聞いて……」

「中級ポーションが庶民向けに出てるって」

「中級ポーションがあるって話はここかい」

元々王都では中級ポーションは品薄《しなうす》だ。

ちなみにヒーリングポーションには上級ポーション、特級ポーションと呼ばれるものも世の中に存在しているけれど、王都では普段《ふだん》は扱っていない。

上級ポーションは材料が高級だ。主に貴族向けで、材料が手に入ったときだけ限定で生産されているらしい。

特級ポーションは秘薬と呼ばれていて現在、公《おおやけ》にされていないけど、私、ミレーユしか王都では作れない。材料であるユグドラシルの葉っぱが必要で、他にもいくつか材料がいる。

もしかしたら世界でもお兄ちゃんと私だけしか秘薬は作れないのかもしれない。危《あや》うく、完全に失伝するところだったかも。

中級ポーションはそれなりに数を揃《そろ》えていた。だから大丈夫だろう。

そして、どうやら庶民には品薄で高かったので、購入《こうにゅう》を諦《あきら》めていた人たちがいて、そういう人が集まってきたみたいだった。

よくそういう話を聞きつけてくるものだ。感心しちゃう。

この日の混乱は、日暮れの閉店時間まで続いたけど、なんとか収まった。


翌日午前中すぐに、メホリック商業ギルドへ行く。

思っていたより中級ポーションの品薄感がすごいので、様子を見に来た。

「どうもどうも」

「ああ、ミレーユ嬢《じょう》様。噂《うわさ》は聞いています。すぐ呼び出します。どうぞ中へ」

受付のミニスカメイドさんだ。一階の待合室みたいな場所に通された後、老紳士《しんし》のボロラン・ロッドギンさんがいつものように現れた。

「ミレーユ嬢、朝からありがとうございます。こちらから訪ねようかどうしようか、悩《なや》んでおったのですよ」

「そうでしたか」

「理由は、中級ポーションのことですかな」

「そうです。さすが早いですね情報が」

「まあ、ギルド員の数だけは多いですからね。例えばプロッテさんとか」

「ああ、プロッテさんですか、なるほど。なるほど」

プロッテさんというのはですね、仔猫《こねこ》のマリーちゃんの飼い主のことです。

熱心に通いに来るな、昨日もそういえばいたな、と思えばメホリックの手の人だったか。

なるほど、こうやって人は繋《つな》がっているんですね。ふんふん。


「中級ポーションはうちのギルドでも扱っている。ただ、あんなに客が来るほどのものとは思われていなかったのです」

「高いから、買えないんですよ。欲《ほ》しいけど、買えないんです。お金がないから」

「まあそういうことですな。命に別状がないなら、安静にするぐらいしかできない」

「もっと中級ポーション安くしてくださいよ」

「すまんな。それはワシにもできないのです」

「そんななんで」

「ナンバースリーだからです。意味はお分かりになりますかな」

「つまり一番か二番の人の利権ということですね」

「はっきり言われると耳が痛いです、まぁそういうことになります」

王都では中級ポーションは庶民の手に届かないものになっているという状況《じょうきょう》を知って、私が革命を起こして安くするんだ、と思っていた。

でも蓋《ふた》を開けてみれば、大混乱しそうで、すでに値段について上から抑《おさ》えられてしまった。

誰《だれ》かの利権が絡むと、なかなか難しい。今、少なくない人がうちのお店に押《お》しかけているけど、王都の人口からするとほんの一部だ。これが王都全域に広まって人が押しかけると、お店が機能不全になって潰《つぶ》れてしまうかもしれない。

うちの中級ポーションも今の量よりも大幅《おおはば》に増やすことはできない。材料の草がそもそもない。

簡単にはなかなかいかないのだった。


ホーランド系列のお医者さんのところにも顔を出した。

「中級ポーションがちょっと高いけど、増産されたんだってね」

「はい、そういうことになってます」

「うちにも新しいのが入ってきたばっかりだよ。なかなか効き目も素晴《すば》らしかったよ。正直いえばもっとあるなら欲しい」

「すみません」

「なになに。ないよりマシさ」

病院では下の地位、庶民に広がったのではなく、上、上流階級へ広がっていた。ちょっと高くしたせいだ。これは取り決めだからしょうがない。

ちなみにこの国では医療《いりょう》は、民間療法、錬金術の調薬、お医者さん、それから神殿《しんでん》で行われている。

お医者さんは外科的な手術とかもする。複雑な骨折とかはポーションだけの力では難しい。

神殿は神の御業《みわざ》、ヒーラーさんのヒール魔法《まほう》という回復魔法が使われていた。また一部の人はお医者さんと同じような手術をすることもある。

この辺の垣根《かきね》は曖昧《あいまい》で、神殿でポーションを使うこともあった。

神殿勤務の錬金術師やお医者さんもいる。

王都では数は少ないけど、冒険者《ぼうけんしゃ》のヒーラーさんとかもいるらしい。

それで一応というか、縄張《なわば》りに近いものもあった。

今まで作っていた初級ポーションで治すような軽い怪我や病気は、お医者さんや神殿では治療費《ちりょうひ》が高くほぼ管轄《かんかつ》外だったため、影響《えいきょう》が少なかった。

中級ポーションが大量に出回ると錬金術師業界の問題点に加えて、医療関係者のパワーバランスも崩《くず》れやすい。

当然、利益が減って苦しくなる人も出てくる。苦笑いならいいけど怒《おこ》ってたらどうしよう。


翌日はありがたいことに、日曜日のお休みだった。

お店を閉めてみんなで神殿に向かった。病院は見たので今度は神殿の視察をしよう。

「すごいね」

「でしょでしょ」

「王都の神殿だから、そりゃあね」

私とマリーちゃんとシャロちゃんで、大きな神殿を見上げた。

ちなみにだけど、組織を教会と呼んで建物を神殿と呼び分けることが多い。実際には結構適当なんだけどね。


ルーセント教、マルタリー教会、聖ラファリエル神殿です。

ルーセント教は宗教の名前。ここいら知ってる限りの土地はみんなルーセント教だ。

マルタリー教会は組織の名前。ルーセント教の最大派閥《はばつ》でここ王都の王宮内に本拠地《ほんきょち》がある。

聖ラファリエル神殿は王都の庶民が参拝できる支部なんだよ。

支部だけどさすが王都、すごく大きい。


聖ラファリエル神殿は白亜《はくあ》の巨塔《きょとう》という感じ。

石というかコンクリートでできていて、丈夫《じょうぶ》そうだった。

半ば観光地と化しているらしいけど、来るのはみんな信者さんだから、すごく静かだ。

「お邪魔《じゃま》します」

小さい声で言って、中に入る。

礼拝堂かな。中は天井《てんじょう》が高い建物になっていて、上のほうには彫刻《ちょうこく》とかが飾《かざ》ってある。

一番奥《おく》の突《つ》き当たりには、神父さんの壇《だん》があって、その向こうに聖印と一枚の絵が飾られている。

突き当たりの右側の部屋に入る。

案内に従ってきたこのお部屋は、お買い物をする場所らしい。

「銀のペンダント、銀貨十枚」

まあ銀だから相応《そうおう》の銀貨は必要だろうな、という代物《しろもの》だった。

「じゃあ、このペンダント三つください」

「あ、買ってくれるんですね。ありがとうございます」

「ありがとうございます」

マリーちゃんとシャロちゃんにも一つずつ渡すことにした。

これは必要経費だ。


このペンダントは、お祓《はら》いのペンダント。

悪霊《あくりょう》や呪《のろ》いから守ってくれるとされるものだ。

私は錬金術師だから神様とかそこまで信奉《しんぽう》してはいないんだけど、呪いやお祓いがこの世に存在していることは、疑う余地がない。

ただ神様が本当にいるかどうかは、見たことがないから、信用ならないだけで。

ということで、こういう解呪《かいじゅ》系のアイテムは、錬金術で自作してもいいけど、思ったよりも安くて手ごろな神殿で買うといいということは、把握《はあく》している。

ある意味、商売敵《がたき》だけど、お互《たが》い利用し合おうね。そのほうが絶対楽しいよ。

三人でペンダントを受け取る。神殿のお姉さんにお祈《いの》りをしてもらう。

「神に祈りを……」

このお祈りが重要なのだ。宗教儀式《ぎしき》も侮《あなど》れない。

「アンナ、メハイヤ、トラクリス、インゲム、ムハランジャ‼」

全く意味は分からないんだけど、古代語だろうか。呪文を唱えて必死にお祈りをしてくれる巫女《みこ》様を神妙《しんみよう》な顔で見る。

自分も目をつぶって、お祈りをする。

『呪いになりませんように』

商売敵そのものも怖《こわ》いけど、彼《かれ》らによる呪いはもっと怖い。

「はい。神様はいつでもあなたたちを見守ってくれていますよ」

「「「ありがとうございます」」」

神と巫女さんに感謝を捧《ささ》げて、部屋を戻る。大聖堂の礼拝堂でもう一度、神に感謝をする。

「神に祈りを……」

これでお参りは終わったので、三人で神殿を後にする。

「はあ、緊張《きんちよう》しちゃいました」

マリーちゃんが緊張から解放されて爽《さわ》やかな笑顔《えがお》を向けてくる。

「神様はワタシたちを導いてくれるでしょうか」

まだ神妙な顔なのがシャロちゃんだった。

シャロちゃんちょっとそういうところあるよね。なんというかお嬢様だから神様とか行儀《ぎょうぎ》作法とか詳《くわ》しくて、ちょっとうるさいの。

「二人とも、このペンダントはいつも持ち歩いて、肌身離《はだみはな》さずお願いします」

「先生！」

「はい、シャロちゃん」

「肌身離さずってことはお風呂《ふろ》とかでもですか」

「もちろんですよ」

「きゃっ。そうなんだ。なんだか三人の絆《きずな》みたいで、恥《は》ずかしいですね」

「茶化さないでください、マリーちゃん」

「ごめーん」

マリーちゃんはあんまり神様を信じてなさそう。

「でも呪いは本当にあるから、気を付けようね」

「「はーい」」

神殿観光になっちゃったけど、まあいいか。

こちらには、それほど中級ポーションの影響とかはないみたいで安心だ。

ポーションを求めて殺到《さっとう》、取り付け騒《さわ》ぎみたいになったら困るなと思っていたので。

いやあ、どこ見てもお店はやっていない。

ハシユリ村ではそうでもなかったんだけどね。さすが王都。宗教がしっかり根付いている。

ルーセント教では、日曜日は安息日に指定されていて、半ば強制的にお仕事はお休みの日なのだ。

村では忙《いそが》しいときとか、結構働いている人もいたんだけど、王都では全然見ない。

もちろん神殿に行く日でもあるので、神殿関連やあとお医者さんはやっているんだけど、他はど
このお店も全くやっていない。

街に人がいないわけではないけど、働かない日なので、日光浴してのんびりしていたりする。


ご飯も外で食べられないので、ちょっと面倒だなと信仰心《しんこうしん》が割と薄い私なんかは正直思うんだけ
ど、しょうがないよね。

「あーあ。日曜日にやってる美味《おい》しいお昼ご飯のお店とかないかなぁ」

「ちょっと。ミレーユ先生。そんな罰当《ばちあ》たりなこと言わないでください」

「でも、そう思わない？　ね、マリーちゃん」

「は、はいっ、ちょっと思います」

「もうマリーちゃんまでぇ」

まあ私たちは本気で言ってるわけではないので、おうちに帰って大人しくご飯を食べました。

シャロちゃんのお昼ご飯は美味しかったです。

普通のお食事処《どころ》はやってないけど、宿屋は年中無休だよ。大変だね。

閑話《かんわ》　シャロちゃんのお話

シャロちゃんもうちに所属しているけれど、マリーちゃんと違《ちが》って少し立場は複雑だ。

まず正確に言えば、うちには出向している。正式な所属はライバルのほうのメホリック商業ギルドで、錬金術《れんきんじゅつ》店の家のお嬢様《じょうさま》だ。

そして内弟子なので、今は私とこのミレーユ錬金術調薬店に一緒《いっしょ》に住んでいる。えへへ。

料理もできて、朝ご飯はシャロちゃんが担当している。

ぽよぽよしているときもあるけれど、思ったよりはしっかりしている。

フルネームはシャーロット・マーシャルちゃん。十三歳《さい》。誕生日は私のほうが少しだけ早い。

ピンク髪《がみ》のふわふわのツインテールだ。

見た目は幼さがまだ残っているかわいい子なのだけど、脱《ぬ》ぐとお胸は私よりちょっと大きい。地味にショックだ。

夕方、私とシャロちゃんは一緒にお風呂《ふろ》に入ることがあるのだ。

この家にはお風呂らしき大釜《おおがま》があるから毎日入浴は欠かせない。お風呂大好き。

たまにはみんなで銭湯にも行くよ。今は桃《もも》の匂《にお》いの石鹸《せっけん》とシャンプーが人気でいい匂いがする。

さてそんなシャロちゃんも家に帰れば、古い家系の錬金術店の娘《むすめ》さんだ。

兄がいるらしいとは聞いたことがある。

歴史ある錬金術の家系は王都でもちょっとだけ有名で、マーシャル錬金術店といえば大商店の一つだ。

特にポーションの品揃《しなぞろ》えがよくて、ちょっと高いらしいけど中級ポーションや、飲むと魔力《まりょく》が回復する魔力ポーションも定期的に売っている本格的な錬金術店と言える。

魔道具類なんかは提携《ていけい》の技術者さんから購入《こうにゅう》して販売《はんばい》しているので、専門ではないけれど品揃えは豊富で便利だ。


そんな家系だけあってシャロちゃんの魔力は他の人よりだいぶ多い。

私と比べたら少ないけど、それは私の総魔力量のほうが異常に多いからだ。

これもそれも私の場合はエルフの血がなせる業《わざ》だ。この血のことは現代ではあまり知られていない。エルフの存在なんておとぎ話に近い。

シャロちゃんは人間としては突出《とっしゅつ》した魔力量だといえるだろう。

本人はあまり自覚がなくて、へらへらしてて偉《えら》ぶらないので周囲も気にしていない。

けれど実は魔力量でいえば王都の中でも上位者なんだよ。

そして家に帰ればそんな旧家のお嬢様なのだ。

ルーセント教を強く信奉《しんぽう》していて、宗教行事も欠かさない。

お嬢様っていうとなんか高飛車みたいな雰囲気《ふんいき》の人も多いけど、シャロちゃんはとても人当たりがよくて優《やさ》しい子だ。

人柄《ひとがら》についてては今更《いまさら》いうまでもなく、いい人って感じの子でとてもかわいい。


「日曜日に外で食べたいとか言わないでください」

「だってシャロちゃん、楽したいもん」

「そうですけど飲食業の人だって休暇《きゅうか》の日が必要でしょう」

「そうだよね、うん」

とまあこんな感じだ。いろいろな人に気を使える優しい子。

そして人間としては飛び抜《ぬ》けて高い魔力でポーションを作ってもらうのだ。

「ねーるねる、ねーるねる、はいっ」

「ねーるねる、ねーるねる」

今やっているのは実際に錬金釜《れんきんがま》を使った魔力を練る練習だ。

私のお歌に続いてシャロちゃんもねーるねるする。こう錬金釜を包むように両手をかざす。このねーるねるは単に材料を混ぜているのではなくて見えない魔力をこねているので、高い集中力と魔力制御《せいぎょ》の業が必要で、一般人《いっぱんじん》では全くできない。

魔力を練って密度を上げポーションの溶液《ようえき》に馴染《なじ》ませるのは高い技術がいる。

この気の抜けた掛《か》け声からは想像できないような、実は高い技術が必要とされる。

私についてこれるだけでも十分「バケモノ」だったりするので、シャロちゃんも尊敬されるべきだ。

全くシャロちゃんがいなかったら、私だけで店の錬金術アイテムを全部作ることになって目が回っちゃうよ。

シャロちゃんに半分は任せられるから、私も安心して高難易度のものなどへ集中して作業できる。

シャロちゃんにも中級ポーションを作る練習をしてもらわないとなぁ。

改良型低級ポーションはできるようになったから、中級もいけると思う。

今、中級は私だけで作っているけれどお出かけする日とかもあるかもしれないし。

弟子《でし》なんだからちゃんと伝授するよ。

さあスパルタだ、スパルタ。魔力を練るのだシャロちゃんよ。

魔力を練るのが肝要《かんよう》なのだ。今日も明日も明後日《あさって》も、魔力を練るのだよ。

◇

さてそんなシャロちゃんなんだけども。

「先生！　あの折り入ってご相談が……」

「どうしたのシャロちゃん？」

「あのですね。実は実家の錬金術店のことなんです」

「うん」

「それで……」

なんでも老舗《しにせ》のマーシャル錬金術店だけれど、最近販売額が減少傾向《けいこう》であるという。

「別にうちの店に客を取られているという訳でもないみたいなんですけど」

「ふむ」

「やっぱり古いお店なので、なにか、こう、新しい目玉商品とかできないかなと」

「うちで目玉商品が欲《ほ》しいくらいだけど、他ならぬシャロちゃんのご実家だもんね」

別にうちで売ってはいけない決まりもないし、共同開発というのも悪い話ではない。

メホリックとホーランド所属という違いこそあるけれど、どちらも錬金術店仲間だもんね。

なにやらシャロちゃんはやる気に満ちている。

ちょっと使命感とかあるみたいだ。

「そんなに気を張らなくても大丈夫《だいじょうぶ》だよ。シャロちゃん」

「はい。あの、うちのお店、兄が継《つ》ぐことになっているんですけど、ちょっと頼《たよ》りない人で」

「そうなんだ」

「錬金術師仲間の間ではボンクラと言われているんです。でも錬金術の適性だけは私と同じように高いみたいで、調薬とかは得意なんですね」

「そっか」

「でも経営とかまるで考えなしだから、心配なんです」

「なるほど」

そっか、お兄さんがいるけど心配なんだ。

「それで場合によっては私が継ぐことになるかもしれなくて、実はプレッシャーが」

「おっと、それはそれは」

確かにお鉢《はち》が回ってくるとなると話はまるで違う。

それでシャロちゃんも責任を感じているというわけか。

できれば兄が率いる今の体制でもなんとかやっていけるような、目玉商品が是《ぜ》が非《ひ》でも欲しいと。

「ということで、実家のお弟子さんたちでも量産できるような、製造が簡単でたくさん売れて目玉商品になりそうな薬草またはポーション系の新製品が欲しいなあと。贅沢《ぜいたく》な注文ですよね。分かってはいます」

確かにちょっと難しいかもしれない。

それで変に緊張《きんちょう》してるんだ。責任感が強い部分もあるのだ。

伝統あるお店のお子さんというのも大変なのだろう。

自分たちの代でお店を潰《つぶ》すことになったらと思うと、それはそれは胃がキリキリしちゃうもんね。

「ふふふ、以前、マリーちゃんの弟妹用にハンドクリーム作ったじゃない？」

「はい、そうですね先生。それが？」

「うん。ちょっと薬草成分を多めにして、薬草クリームって名前で出してみようかなと」

「あれ、知り合いに配ってるだけのアメニティグッズになってましたけど、確かにもう少し薬草成分強くすれば、塗《ぬ》るタイプのポーション類になりますね。塗り薬だと外傷によさそうです」

「でしょう」

ということで、薬草とスライム粉末と水を練る。

「ねーるねるねる、ねるねるね」

今回はポーション風味なので少し癒《い》やしの魔力も込《こ》めておく。

そうして薄緑《うすみどり》の薬草クリームが完成した。

「できましたね、先生！」

「やりました。えへへ」


実際にお店に来ている常連さんに試《ため》してもらう。

このお姉さんは料理するみたいで指に傷があった。

「おぉぉ、切り傷が綺麗《きれい》に消えていくわっ」

ポーション一本使うにはちょっともったいないな、という感じの切り傷がみるみる治っていく。

すっかり傷痕《きずあと》はなくなり、綺麗な手で元通りだ。

利用する分だけ塗ればいいから使い切りというわけでもない。

「とってもいいですね！　これで……実家の両親と兄にも顔向けができます」

「よかったね」

「はいっ」

シャロちゃんは緊張した顔をしていたけど、いい笑顔《えがお》になった。

やっぱり美少女は笑顔が一番だなぁ。かわいい。


後日、マーシャル錬金術店のお弟子さんたちを呼び寄せて、薬草クリームの講習会をした。

みんなで自己紹介《しょうかい》とかをしつつ、薬草クリームを練っていく。

それほど難しい作業ではないので、お弟子さんでも大丈夫みたいだった。

シャロちゃんとお弟子さんたちは顔見知りなので、ちらちら視線を交《か》わしたりしている。

実はシャロちゃんのお婿《むこ》さん候補でもあるらしい。

なんだか後継《あとつ》ぎとか結婚《けっこん》とか難しいよね。そういうの意識しちゃうと気になっちゃうし。

まだシャロちゃんを射止めたイケメンはいないようだけど、どうなることやら。

にひひひ。こちらは近所の噂《うわさ》好きのおばさんの気分だ。

さてみんなの作業が一段落し完成品が並ぶ。

「なるほど、これが新製品薬草クリーム」

「いい感じですね。とっても売れそうです」

「さすがシャロちゃんの先生だけはあります。素晴《すば》らしい商品になりそうです」

薬草クリームはお弟子さんたちの目で見ても好評だった。

8章　ジンジャーエールとチンピラだよ

中級ポーションを売り出してやや混乱したものの、一週間ほどで落ち着いてきた。

そんなとき、お医者さんからある相談を受けた。

「いやあね、エールばっかり飲んでアルコールで太ってしまったり、健康を損《そこ》なう裕福《ゆうふく》な人が多くてね。禁酒をすすめてるんだけど何かいいものはないかなと」

「あぁそうですね……うむうむ」

「どうだい」

「そうだ。炭酸飲料なんてどうです」

「なんですかそれ」

「ビールみたいに空気が水に溶《と》けていてそれがしゅわしゅわするんです」

「なるほど」

ということで炭酸飲料を開発することになった。

ハシユリ村では主に子供向けの飲み物として、実家で錬金術《れんきんじゅつ》を使って炭酸飲料を作っていた。

いろいろなフレーバーを試《ため》してみたんだけど、ジンジャー、つまり生姜《しょうが》がそれなりによかった。

命名「ジンジャーエール」だ。

見た感じも薄《うす》い黄色でエールに似ている。エールの代わりに、どうぞ、ジンジャーエール。

炭酸生成には錬金術が必要だ。いろいろ頑張《がんば》ってみたけど、これは我々の領域だった。錬金術が不要ならアウトソーシングして、もっと安く大量に作れるけど、ちょっと無理っぽかった。

とりあえず王都の消費量くらいは自分たちで作れそうだ。


「ジンジャーエール、ジンジャーエールはいかがですか」

うちは喫茶店《きっさてん》を半分兼《か》ねているようなものだった。試飲用のスペースでお金を払《はら》って毎回飲んでいく人もいる。お姉様たちにたまに紳士《しんし》もついてくるけど彼《かれ》らにはジンジャーエールが人気になった。

「昼間から付き添《つそ》いなのにエールというわけにもいくまい」

「その点、このジンジャーエールなら問題ない、素晴《すば》らしい」

「ジンジャーエールもなかなか美味《うま》いぞ」

こうしてジンジャーエールはそこそこ売れた。


うちのお店の冷蔵ケースなど氷で冷やすものは、ちょっとだけ珍《めずら》しい。そこそこの贅沢品《ぜいたくひん》だ。ここには元からあったんだけど、前はなんの店だったたんだろう。

まぁ氷専門の錬金術師、魔術師《まじゅつし》さんたちが氷屋をやっているから、氷は夏でも買うことができる。

ただしあまり安くはない。

ジンジャーエールはこの冷蔵ケースで冷やして飲むと最高なのだ。

うちはこの氷も自家製なので、氷の費用は私の魔力だけで済んでいる。実質タダだ。

「いやあ、冷えたジンジャーエール最高だよ」

まぁ、好評ならなによりだ。作った甲斐《かい》があるね。


ただ、最近同業者や飲み屋からの視線が痛い。

私はジンジャーエールの作り方をホーランド、メホリック両商業ギルドを通じて公開した。

別に独占《どくせん》したいとも思っていない。最近ポーションのほうは独占までいかないけど、他の店より効果が高いことを知っている人は知っている。そのため他の店の売り上げが下がってきていると聞いている。

いいポーションを作れない錬金術師さんには是非《ぜひ》に、ジンジャーエールの生産に乗り出して、一緒《いっしょ》に盛り上げていただきたい所存ですよ。

ジンジャーエールの製造は錬金術師でないと炭酸を込《こ》めることができない。でも別にポーションの癒《い》やしの魔力のように大量に込める必要はないので、劣化《れっか》ポーションしか作れないような魔力量が少ない錬金術師さんでも大丈夫《だいじょうぶ》。


こうして王都の低級錬金術師たちによるジンジャーエールフィーバーが始まった。

同時に冷蔵ケースと氷販売《はんばい》も増えていてうれしい悲鳴を上げているそうだ。

相変わらず本来のエールを飲んでいる人も多いけど、富裕層には最近、各錬金術師のジンジャーエールの飲み比べとかが流行《はや》っている。

昼間からエールをはじめ、お酒類を飲むのは不味《まず》いときに大変重宝されるようになった。


ちょっとボロランさんのところへ行ったとき。

「最近、紅茶の売り上げに、陰《かげ》りが見えてきました」

「そ、そうですか」

「ミレーユ嬢《じょう》が開発したジンジャーエールでしたかね」

「あ、はいっ」

「紳士には紅茶よりもジンジャーエールだ、という人が最近多いんです」

「なるほど」

「まぁ、ジンジャーエールも我々が製造しているから、ご婦人方は紅茶の会、紳士はジンジャーエールと、両方を足した売り上げはむしろ右肩《みぎかた》上がりではありますす」

「じゃあ、いいじゃないですか」

「まあね。でも遠くから運んでくる紅茶が、その辺で取れた生姜飲料に負けていると考えると、思うところはあります」

「あはは……」

まあ、ボロランさんの気持ちも分からなくはない。

商人が大陸の向こう側から一生懸命《いっしょうけんめい》運んできて、やっとの想《おも》いで商売している飲み物が、そのへんの生姜に負けそうとか、そりゃあ商人としては面白《おもしろ》くないだろう。

「いや、ジンジャーエールはすごい。身近なものでも加工することで、大きな利益を生む存在になり得ると、身をもって示してくれたんです」

「あーなるほど」

「そうだろう。また何かあったら教えてください。期待しています。ホーランドだけでなく我らメホリックにも公開してくれたことは、感謝していますよ」

「ありがとうございます」

「礼を言うのは我々です。ありがとう」

こうしてジンジャーエールという飲み物が王都名物の一つになりましたとさ。

◇

中級ポーションも売れているし、ジンジャーエール騒動《そうどう》も一段落したと思っていた。

「おらおら、ジンジャーエール一杯《ぱい》ください」

「俺《おれ》にもジンジャーエール。一杯ください」

なんか最近、ジンジャーエールを飲みに来る人の中に、ありていに言うと、ガラの悪い人が交ざっていて、長時間お店に居座るようになってしまった。

試飲ではなくちゃんと料金も払っていくし、買うときは普通《ふつう》だけど、明らかに横暴な感じだし、周りの人たちは少し警戒《けいかい》している。

それで、ちょっと客足も減りつつあるような気がする。まだ集計していないから売り上げへの影《えい》響《きよう》ははっきりとはしていない。

飲んだ後もお店の中をずんずん見て回ったり、外でずっと立って煙草《たばこ》を吸ったりしているのだ。

ちなみに店内は禁煙《きんえん》だけど、店の外は公共の場所なので、自由だった。

勝手に規制するわけにもいかないし、やめてほしいと言うのも、十三歳《さい》の女の子だけで経営している店としては、ただただ怖《こわ》い。

とりあえずコードネーム「ジンジャーエールおじさん」と呼ぶことにした。

名前を付けてから観察していると、一人二人ではなく、意外と人数がいることが分かった。

一度に来るのは三人前後。そして全部で六人ぐらいが入れ替《か》わり立ち替わり、メンバーチェンジしてやってくる。

格好《かっこう》は真っ黒なスーツの服で、この服装を葬儀《そうぎ》以外でする人はメイラさん曰《いわ》く、裏の仕事の人が多いと王都では勝手に思われているそうだ。

実際のところは、そういう裏の仕事だと思われたい人がする格好というのが正しい。

ひそひそと実際に裏稼業《うらかぎよう》をするときは、こんな目立つ格好なんてしないわけだ。

だから似非《えせ》裏稼業の人だということだった。

じゃあいったい、どこの人なんだろう。

絶対に嫌《いや》がらせだよね。悔《くや》しい。

「護衛はお任せあれ」

「お姉ちゃんたちに任せれば大丈夫だよ。ミレーユちゃん」

「はい、ありがとうございます」

メイラさんには、女性の剣士《けんし》さんを毎日二名、派遣《はけん》してきてもらうことになった。

うちの店は女性だけで回しているので、一応女性にしてもらった。男の人のほうがいいのかもしれないけど、どちらのほうが本当はいいか、よく分からなかった。

合計四名で二名ずつ日替《ひが》わりになっている。

お世話になっているんだけど、彼女《かのじょ》たちの給料を出すのは私なので、実際には自腹ということだ。

「なんだか、損だなぁ」

しかし万が一ということもあるので、背に腹は代えられない。


戦闘力《せんとうりょく》という意味では、私だって一人で魔物が住む森へ採取に行けるくらいだから、それなりに自信もある。

えー見えなーいって言われそうだけど、戦闘力はあるんだからね。ぷんぷん。

今のところ膠着《こうちゃく》状態というか、ジンジャーエールおじさんたちは相変わらず毎日美味《おい》しそうにジンジャーエールを飲んでいく。

飲むことは飲むんだよね。美味しそうに。本当になんなんだろう。

何もしないで嫌がらせだけすることもできるのに、よく分からない。


「おうおう、ジンジャーエールお代わり一杯」

「こっちにも、ジンジャーエールお代わり一杯」

ついにはお代わりとかも、結構頻繁《ひんぱん》にするようになった。

ジンジャーエールおじさんたちは、今日も来て談笑《だんしょう》して帰っていった。

隣《となり》ではお姉さんたちが不安そうにしつつも、紅茶を飲んでポムを愛《め》でている。

お姉さんたちは、おじさんたちをなるべく見ないで無視するつもりらしい。

そのたくましさはちょっと見習いたい。


「そういえばクッキー以外のおつまみも欲《ほ》しいなぁ」

「ああ、そうだな。おつまみも欲しい、なんか種類増やしてくれよ店長」

「あ、はう。検討します……」

確かにおつまみはクッキーくらいしか置いていない。

うちは本格的な喫茶店ではなく、一応、試飲場所とおまけということなので、どうしようかな。

ジンジャーエールおじさんたちの要望だけど、一理ある。

こうして黒服のチンピラ風のジンジャーエールおじさんたちとの戦いはしばらく続くのであった。

◇

ジンジャーエールおじさんたちは相変わらずやってくるけど、他はおおむね平和な営業を続けていたある日。

「こんにちは〜」

「はい、こんにちは」

青髪《あおがみ》の好青年って感じの笑顔《えがお》が爽《さわ》やかな人がやってきた。

「ジンジャーエール一杯ください」

はいはい。おじさんでも黒服でもない人でも、こうやってたまにジンジャーエールを飲んでいく人がいる。

「ぷはぁ、ああ美味しいです。こう暑いと冷たい飲み物がいいですね」

「はいっ」

そして本題を切りだしてきた。

「実はワタクシ、薬草の販売をおこなっていまして」

「薬草ですか」

「はい。モリス草専門業者なんです」

「なるほど」

つまりモリス草の販売のセールスらしい。


「今、モリス草の仕入れはどうしてますか？」

「今はホーランド商業ギルド経由で仕入れてますね」

「うちは農家と直接の独占契約《けいやく》をしてまして、専門店なので大量仕入れ大量販売をすることで、低価格を実現しています。安くなりますよ」

見積金額を聞いて、びっくりする。確かに半額近い仕入れ値だった。

「ほんとにこれで？」

「はい。うちはホーランドじゃなくてメホリックなんですけど、商業ギルドを通さないぶんの直接契約で安いんです」

「なるほどで」

「どうでしょう。明日からでもできますが」

「じゃあ、お願いしようかな」

「大量販売が条件になっていまして、それで安くなるんです。こればっかりは申し訳ないのですが、前金制となっていましてですね」

「あぁ、先にお金がかかると、まあしょうがないかな」

「そうですよね。トータルではずっとお得です」

好青年だし主力と言ってもいい低級ポーションの材料の薬草が半額で手に入るなら、利益も大きくなる。

契約を交《か》わして、前金で全額を支払《しはら》った。


翌日朝、すぐ。

「おはようございます」

「ああ、おはようございます」

さっそく担当の人が薬草を持ってきてくれた。

「確かにモリス草ですね。うん」

「ではこれで」

担当の人は逃《に》げるように去っていく。

モリス草をチェックしてみると、なんかちょっと萎《しお》れている。しなしな、よれよれだ。

それに全体的に小さい。あとたくさん虫食いがある。

品質が悪いという気がする。初日からこれでは、いくら安くても製品の品質が下がってしまいそうだ。

しかし買ってしまったので、使うほかない。とりあえず調薬をした。

「うーん。やっぱりそれなりに品質下がってるね」

「そうみたいですね」

シャロちゃんと二人で残念がるが、いたしかたない。

この日はこの薬草しかないのだった。


次の日の朝。また薬草が納品された。私は納入に来た担当の人を呼び止める。

「すみません、これなんですけど」

「はい」

「だいぶ萎《しな》びていますよね。モリス草。これだと成分もよくなくて、品質が下がってしまうのですけど。なんとかならないんですか」

「いつも私が運んでいるのは全部こんな感じですね」

「そうですか。契約、ちょっと見直そうかと思って」

「そうですね、そういう方も多いですね」

契約は二週間分の薬草代を払い済みだ。今は二日目だけど、もういいかなって思う。

全部の薬草がこんな感じでは、さすがにまずい。

「すみませんが前金は払い戻《もど》しできません。というか私たち配達人にはその権限もないです」

「そうなんですか」

「そうなんです」

「分かりました。契約は打ち切りです。すみませんが」

「分かりました。短かったですがご利用ありがとうございました」


半額だったとはいえ、普通なら一週間分の薬草代に匹敵《ひってき》する。


ちょっとあんまりだな、と思ったのでメホリックのボロランさんに会いに行った。

「――という感じで薬草の品質がすごく悪かったんです。半額だったけど前金制で」

「あぁ、なるほど」

「酷《ひど》いですよね」

「申し訳ないけど、それはうちのギルド員ではないでしょうな」

「あれメホリックって名乗っていたんですけど」

「勝手に名乗ってるだけで。悪質業者でしょう」

「な、な、なんだって‼」

「はい。悪質業者ですねぇ紛《まぎ》れもなく」

「つまり、騙《だま》されていたと」

「そういうことですね」

「悔しい。はあああぁぁぁ」

半額で安くなるなんていい話なかったんだ。

そう、私たちは好青年だと思っていたのに悪質業者に騙されていたのだ。

くそお。ぐやじい。もうイケメンなんて絶対に信用しない。

◇

メホリック商業ギルドのボロランさんと悪徳業者のお話をした。

「あの、ついでなんですけど。私はジンジャーエールおじさんと呼んでいる、黒服の人がたびたび、というかほとんど毎日、入れ替わりで来るようになってしまって」

「ああ、黒服か。チンピラですな」

「そうです」

「すまん。ワシからは謝《あやま》ることしかできん。たぶんバーモントの仕業《しわざ》でしょう」

「バーモントさん？」

「そうです。うちのナンバーツー、副会長です」

「あぁ」

「ついに手を出してきましたか。やはりミレーユ嬢をホーランドにしておくのは、まずいのかもしれませんな」

「でも今更《いまさら》、鞍替《くらが》えなんてできませんよ」

「ギルド内の噂《うわさ》によると、中級ポーションを作る錬金術師の利権が、上質な中級ポーションのせいで値段が下降気味、人気も下がっているのを責任転嫁《てんか》しているようですな」

「あーはい」

「うーん。何か策を思い付いたら連絡《れんらく》しましょう。そちらでも考えてくださいますかな」

ということで黒服のジンジャーエールおじさんは、メホリック商業ギルドの仕業であることが、ほぼ確定した。


問題は対策だ。

うちで作っている効果の高い中級ポーションが、その原因らしい。

うーん。そうだ。錬金術師講習会を開こう。

中級ポーションの適正な作り方を説明しよう。うまく作れるようになって、うちと同じ品質まで向上したら、軋轢《あつれき》もなくなるし、万々歳《ばんばんざい》ではなかろうか。


この話をホーランド商業ギルドのメイラさんとメホリックのボロランさんにして、合同で錬金術師講習会が開催《かいさい》されることになった。

日取りは日曜日。錬金術店は普段《ふだん》休みなので、みんな来やすいだろう。

メイラさんとボロランさんの立ち会いのもと、王都で中級ポーションを作っている錬金術師がほぼ全員集まった。

この段階にきてまだ、意地を張ってこない人も約二名いるらしい。

「お集まりの皆様《みなさま》、ありがとうございます。ミレーユです」

「噂には聞いていたが、こんな小さい子が」

「子供店長とは言い得て妙《みよう》だな」

「我々はこんな子に、してやられていたのか」

小さい声だけど、なにやら今までの不満が聞こえる。

まあ、大声でないところは評価しよう。

「中級ポーションには、可能な限り新鮮《しんせん》なルーフラ草、それから乾燥品《かんそうひん》でもいいので、できれば安《あん》定剤《ていざい》としてボブベリーの実が確実です」

「やはりルーフラ草の鮮度《せんど》は大事なのか」

「しかし周辺の村から買い付けているから、なかなか」

「安定剤はボブベリーのほうがいいのか、覚えておこう」

この後は実際に実演して見せる。

手順はいつもと同じ、ルーフラ草を細かく刻み、水と一緒に錬金釜《れんきんがま》で煮《に》る。

煮るというか混ぜるというか茹《ゆ》でるというか、分からないけど、とにかくそんな感じで。

この工程は低級ポーションとほとんど変わらない。

その後に細かくしたボブベリーを入れて混ぜていく。

錬金釜を使うと普通の鍋《なべ》とは違《ちが》い、魔力と熱の変換《へんかん》効率も高く、魔力で練ると素材と魔力とが魔力反応で混ざっていくのだ。

こうしてボブベリーをうまく馴染《なじ》ませる。

ここからは癒やしの魔力のターンだ。錬金釜に手をかざし魔力を注ぐ。それもかなり多い。

低級ポーションとはだいぶ違う。王都の錬金術師は総魔力量が私たちに比べると少ないせいか魔力を節約しすぎていた。それがそもそも駄目《だめ》だったんだろう。

魔力の注入の際、濃度《のうど》も一定に加えるのがポイントだろう。なぜだかムラがあると、よいポーションにはならない。

「魔力は多いかな、くらい、馴染む限界まで入れます。ここでサボるといいポーションはできません」

「そんなに魔力を注いだら数を作れんだろうに」

「数を取るか、質を取るかということなんだろう」

そして強く発光するポーション液。

「はい完成です」

ぱちぱちぱちぱち。

まばらだが同業者でも物がいいと一目で分かるのだろう、素直《すなお》に称賛《しょうさん》する人もいた。

一部の人は拗《す》ねているが、まあ大人げないなという感じ。

「では実践《じっせん》してみましょう。材料はうちで持ちますので」

こうして錬金術師たちも実際に作業をして、確認《かくにん》していく。

なんだ、やればできるじゃん、という人も多い。

全然うまくできないという、残念な人も数名いた。もう少し修業が必要らしい。

とにかく講習会はうまくいった。


その後、王都の中級ポーションの品質は順調に上がっている。

今ではほとんど私、ミレーユが作ったものと遜色《そんしょく》ないものができるようになった。

これでうちの中級ポーションとの差もなくなり、いつの間にかジンジャーエールおじさんたちも来なくなった。

いや、ジンジャーエールおじさんは今も来ている。ただしチンピラ風の黒服は着ないで、私服で来るようになった。個人的にジンジャーエールにはまってしまったらしい。

これにて、この問題は解決となった。

閑話《かんわ》　メイラさんと商品開発のお話

忘れていたわけではないが、メイラさんと紅茶の関連商品の開発についての話になった。

「紅茶製品だが、今は紅茶風味のポーションだけかな」

「そ、そうですね」

そういえばギルドに所属する前から話には出ていた。

東国の紅茶を輸入している。最近はメホリックのボロランさんもジンジャーエールにより紅茶の売り上げが下がっているという話だった。

もちろん影響《えいきょう》はホーランドにもあって、メイラさんによると紅茶を使った関連商品を多数開発して市場を盛り上げてほしいという。

「ミレーユちゃんに是非《ぜひ》とも応用商品の開発をお願いしたい。謝礼はたっぷりと」

「分かりました。私にお任せを」

「正直、助かる。私も次期二代目だからね。ホーランドはもっともっと大きくしていきたい」

「ですよね」

メイラさんはだいぶ気負っているようだ。

焦《あせ》っているほどではないけれど、父親の背中を見て思うところがあるのだろう。

二代目として頑張《がんば》ってもっともっとと上を目指しているんだ。

ライバルであるメホリックにも負けられない。

「他に何を提案していたっけ」

「紅茶風呂《ぶろ》、紅茶石鹸《せっけん》、紅茶シャンプー、紅茶パン、紅茶クッキーとかですか？」

「そうだね。お風呂まわりは貴族と銭湯か。今は桃《もも》の匂《にお》いが人気だが」

「はい。それもうちの開発したものですね」

「だよなあ」

メイラさんが迷いを見せる。

紅茶の匂いに着目するところはいいが、同じ路線ですでに桃製品を展開しているところがある。

自分たちの首は絞《し》めたくないので、できれば競合しないでほしいんだけど。

ただ消費者から見れば選択肢《せんたくし》が増えることはいいことだ。

そういう意味ではオレンジなども含《ふく》めて複数種類あったほうがより多くのお客様にアピールできるので、いいのかもしれない。

「本当にミレーユちゃんがホーランドでよかった」

「実を言えば向こうにも出入りをしているんですけど」

「まあそれは黙認《もくにん》しておくので、いい情報を掴《つか》んだら報告してちょうだい」

「はいっ、分かりました」

「いわば偵察兵《ていさつへい》だな、うん」

「これは戦争ですか！」

「そうだ諸君。ギルド間戦争だよ。紅茶製品の売れ行きに我々の命運が掛《か》かっている。よろしく」

「はーい」

こうして錬金術《れんきんじゅつ》調薬店に戻《もど》ってくる。

さてどうしようかな。

「そうだ、いいことを考えた」

「なんですかミレーユさん」

「どうしたんですか、先生」

マリーちゃんもシャロちゃんも聞いてくる。

「紅茶製品なんだけどね。うちで全部作ってたら大変じゃない？」

「そうですね。今も結構多品種ですよ」

「だよね」

通常のポーションに桃風味、オレンジ風味などを生産している。

その上にグラノーラやジンジャーエールなんかもある。

「そ、こ、で。紅茶の香料《こうりよう》を作るんだぁ」

「あっ、なるほど」

「さすが先生ですっ」

つまり匂いの元だけを錬金術を使って濃縮《のうしゆく》して作る。

それを紅茶パンなら普通《ふつう》のパン屋さんで香料を使って紅茶パンを作ってもらうのだ。

専門店の加盟が多いホーランドなら、それこそいろいろなお店が揃《そろ》っていると思う。

「では試作しましょう」

こうして高級紅茶の香料を作ることになった。

ねるねるしてまたねるねるしてと少し煮詰《につ》めることしばし。

「できた！」

私が完成を告げる。

「これだけだと匂い強いけど」

マリーちゃんが製品の匂いを嗅《か》いで変な顔をする。

「うっ、なんだかすごい匂いします」

シャロちゃんはすぐに鼻をつまんだ。

濃《こ》い紅茶の匂いがする。その液体をビン詰《づ》めにして蓋《ふた》をしていく。

「ふぅ、二人ともびっくりしちゃうよね」

「うん、ミレーユさん」

「はい、先生」

二人が鼻をつまむ。こういう顔も面白《おもしろ》い。

とにかく最後に匂いのハプニングはあったけど紅茶の香料が出来上がった。

これをメイラさんの所へ持って行く。

そして紅茶風味の石鹸、シャンプー、パン、クッキー、香水《こうすい》、グラノーラなどをホーランドの系列店で作ってもらうことになった。

続々と新製品が開発されてメイラさんのところへと届けられてくる。

そして一通りできたところで私はまたメイラさんとお話をした。

今日はジンジャーエールと紅茶パンを前に椅子《いす》に座《すわ》った。

「ミレーユちゃん。紅茶の香料。素晴《すば》らしいね」

「ありがとうございます。メイラさん」

二人で紅茶パンを一口食べる。

「うむ、このパンなのに紅茶の風味がなんともいえないな。上品でけっこうけっこう」

「そうですね。いい匂いしてうれしいです」

「いつもより食欲が出て太ってしまいそうだ」

メイラさんが冗談《じょうだん》だよという顔をした。

今度はジンジャーエールを飲んでさっぱりさせる。どちらも楽しめて大変お得だ。

「特に素晴らしいのが、ギルド加盟店に仕事を回せるうえ、目玉になる新商品を作れるところだ。みんなニコニコだよ」

「なるほどぉ」

「私もミレーユちゃんのおかげで鼻が高い。ありがとう」

「いえいえ、これも仕事ですしね」

「そう言ってもらえると助かる」

メイラさんが珍《めずら》しく表情を崩《くず》して笑顔《えがお》を見せる。

別に四六時中、真面目《まじめ》な顔をしているわけではないけれど、ギルドのトップを張っているからか、こんなにすごくニコニコしたところは見たことがない。

「これで私も肩《かた》の荷が下りた気分だよ。あのボロランさんの鼻を明かすことができると思うと、紅茶が美味《おい》しい」

「あはは、メイラさん悪い顔してる」

「こればかりは仕事だからね。しょうがない」

この二人は年齢《ねんれい》とか経歴も全然違《ちが》うけどライバル関係なんだよね。

最初に露店《ろてん》でメイラさんとボロランさんが声をかけてきたときからそうだったもん。

9章　貧困街《ひんこん》の子たちだよ

日曜日、暖かい天気だった今日はお散歩をしている。

もう何回もお散歩をしている私はそれなりに王都の地理にも詳《くわ》しくなってきた。

まず住んでいる商業区。それから住宅区、農業区、貴族街、王宮、更《さら》に今向かっている貧困街があった。

正直、治安や衛生面を考えれば、貧困街にはあまり行きたくない。でも自分たちが住んでいる街の実態をこの目でちゃんと見て確認《かくにん》したい。

リュックサックには作れるだけ作った練り薬草とポーション、蜂蜜飴《はちみつあめ》、それからグラノーラを持ってきている。

このリュックは錬金術《れんきんじゅつ》で作った容量拡張の効果を付与《ふよ》した魔道具《まどうぐ》なので、かなり入る。

ただし上級品ではないから、拡張率はそこそこぐらい。田舎《いなか》村ではそんな贅沢品《ぜいたくひん》は作れなかった。

とにかく準備は大丈夫《だいじょうぶ》。

冒険者《ぼうけんしゃ》ギルドで聞いた限りでは、王都の貧困街は絶望的なほど貧困しているというわけではないようで、餓死《がし》する人は多くはないらしい。

それでも貧乏《びんぼう》には違《ちが》いなく、仕事もなく食うにも困るような子供たちも大勢いるという話だったよ。

「さて、行きますか」

「はい」

「はいです」

今日はお散歩とは名ばかりの貧困街での活動なのだ。情報収集は済んでいた。

心配したシャロちゃんとマリーちゃんもついてきている。

全員念のための装備として、腰《こし》にはナイフも装備している。

王都の貧困街は他の地域と比べてマシではあるけれど、賊《ぞく》みたいなのがいないとも限らない。

あとお財布《さいふ》はリュックの中へ。腰に下げて歩くとか、スリしてくださいと言わんばかりだよ。


太い道沿いは、まだ普通《ふつう》の住宅街だ。

そして細い道を入った裏側、この一角すべてが貧困街になっている。

道は細い。ところどころ変なものが落ちている。

家はどれも粗末《そまつ》な掘《ほ》っ立て小屋で、子供たちが暇《ひま》そうにぼうっとしていたりする。

「あのすみません」

子供に声をかけてみる。

するとぼうっとしていた子がこちらを向いて、なんだろうという顔をする。

「なあにお姉さん」

「この辺の子供たちって、どれくらいいます？」

「え？　あー。えっとね二十人くらいかな」

「なるほど。ありがとう、お礼にコレあげる」

思ったよりは少ない。これならいけるかな。

グラノーラを一つ渡《わた》す。その男の子は、匂《にお》いを嗅《か》いだ後、食べてみる。


「んっ、美味《おい》しいっ、ありがとう」

「いえいえ」

「でも俺《おれ》だけ貰《もら》ってもさぁ。みんなお腹空《なかす》かせてるんだ。偽善《ぎぜん》なら向こうでやってくれよ」

そう言って住宅街のほうを指さす。確かにただその場で食べ物を渡すだけなら、偽善に他ならない。

「いや、ちょっとお願いがあって来たんだ」

「お願い？」

「うん。ここの子供たちに、お仕事をお願いしたいなあと」

「なんだよ。子供に仕事なんかねえだろ」

ちょっと擦《す》れてるみたい。

「とりあえず、話だけでも聞いてほしいな。みんなを集めてくれる？　集めてくれたら、一人一つ、まずはグラノーラを分けるよ」

「分かった。みんなにくれんなら、いいよ」

少年はそういうと、向こうへ走っていく。

次々と声をかけて回ってくれた。


集まった子供たちは全部で、十三人かな。

「では集まって話を聞いてくれるみたいなので、グラノーラというお菓子《かし》をみんなに分けます」

「やった」

「はやく、よこせよ」

「ありがとう」

素直《すなお》な子からちょっとやんちゃな子まで、反応はいろいろだ。

子供たちは十三歳《さい》未満、六歳以上ぐらい。

それより小さい子は、基本親と一緒《いっしょ》にいるのだろう。

このくらいの年齢《ねんれい》なら遊んで生活するのが普通だけど、貧困街ではそうも言っていられない。

でもそんな小さい子を雇《やと》ってくれる店なんてない。醜聞《しゅうぶん》が悪いとされる。

それは年齢的なこともあるし、貧困街の子供だからという理由でもある。

「あのね、数人ずつでグループになって、南の平原に行って、スライム狩《が》りと魔力の実を採ってきてほしいの」

「でも俺たち、武器もなんにも持ってないぜ」

「そーだそーだ」

「ナイフは必要な数、渡します」

「「おーお」」

「よ、太っ腹」

スライムは基本的には弱い。

ポムはちょっと年齢がいっているので三十センチくらいと大きいけど、普通のスライムは二十センチくらいとそこまで大きくない。

スライムには核《かく》と呼ばれる部位があって、それを攻撃《こうげき》してスライムから取り除くと死んでしまう。

それにはナイフを装備した子供でも十分に戦える。

「まずは数人ずつ訓練したいと思います」

「第一弾《だん》のグループになりたいという子たちは相談して名乗り出てください」

こうして子供たちの南平原への大冒険が始まるのだった。

貧困街の人たちとの話はまだ終わっていない。

「なんか病気とか酷《ひど》い怪我《けが》とかしている人を教えてくれる?」

そう質問すると、こっちこっちと何人も紹介《しょうかい》してくれる。

低級ポーションとそれから中級ポーションを、ひっそり取り出して使った。

「これは秘密ですけど、中級ポーションです」

「ありがたや、ありがたや」

偽善っぽいけどいいんだ。やらぬ善よりやる偽善というし。

ただしなるべく秘密ということで、お願いしたい。


その怪我をしている人の中で、片腕《かたうで》を失ってその傷がまだ残っている人がいた。

急いで中級ポーションを半分腕に掛《か》け、残り半分を飲ませて、傷を癒《い》やした。

傷はふさいだものの、もちろん失われた右腕は生えてきたりしない。

「ありがとう。もう右腕から全身駄目《だめ》になるかと思った」

「いいえ。やはり右腕の怪我が原因で？」

「そうだ。前は冒険者だったんだが、利《き》き腕をやられちまってな。左は苦手で引退したんだが、仕事がねえ。片腕だと見せるとなかなか仕事も見つからなくてな」

顔にも小さな傷痕《きずあと》があったり、けっこう歴戦の勇士に見える。


「なるほど」

「傷はふさいでもらった。ありがとうよ。なんか俺にできることがあれば、手伝うけど」

「そうですね。子供たちの訓練と引率《いんそつ》をお願いしてもいいですか。南平原での」

ということでスライム狩りと魔力の実について説明をした。

「ああ、引き受けてもいいよ」

「あと、スライムを乾燥《かんそう》させて、それから粉にしてほしいんです。その粉を集めてうちの店まで定期的に持ってきて換金《かんきん》する仕事をお願いしたいんです」

「おお、思ったよりまともな仕事だな」

「はい。お金なので、さすがに子供たちだけというわけにもいかないでしょう」

「そうだな。俺がちゃんと管理してやるよ」

「ありがとうございます」

この隻腕《せきわん》の人とは、そう話がついた。


「ではスライムもいいけど、他にも策があるんです」

「え、何々おねえちゃん」

「とっとと言えよ」

「はやく、はやく」

子供たちに囲まれてたじたじだけど、続きを言う。

「鳥を捕《つか》まえようと思います。お肉食べたいよね？」

「え、お肉‼」

「お肉、お肉、おーにーくー」

ということで子供たちを連れて自分たちの畑へ向かった。

先日、せこせこと鳥籠《とりかご》形の箱罠《はこわな》を六個作ったので、昨日ここの畑に設置してあったのだ。

箱罠はそれぞれ離《はな》して設置してある。

「罠は簡単です。箱になっていて蓋《ふた》があって、鳥が入ると閉まって出られなくなります」

「ふんふん」

実際に箱の前で説明する。すでになんか動いている音がする。

「すごい、鳥が入ってる」

「すごい、すごい」

そして箱を回収して、中の鳥をナイフで息の根を止める。

子供たちに解体の仕方を説明していく。

今後は自分たちでやってもらわなければならない。

鳥さんであるイワリスズメを解体するのは、ちょっとショックな子もいるみたいだけど、お肉になるという誘惑《ゆうわく》には抗《あらが》えないようだ。


こうして鳥さんは無事お肉になった。

イワリスズメが全部で五羽。一つだけ罠には掛からなかった。

イワリスズメは中型の鳥なので、少ないながらも食べるお肉が取れる。

土着の鳥で一年中見られるので、いつでも食べられるということだと思う。

畑の隅《すみ》で火を熾《おこ》し、焼き鳥にした。

味付けはシンプルに塩だけだ。貧困街の子にしてみれば、塩だって結構高い。

胡椒《こしょう》は私たちも食べてるけど、貧困街では手が出ないと思うので、今回はやめた。


全部で十三人。五羽を分けると、それなりに食べられた。

「お肉おいしー」

「おいしーおいしーね」

「お肉お肉」

「すごくおいしー」

もうお肉と美味しいとしか言わない。夢中になって食べていた。

私も一口だけ貰った。お肉はやっぱり美味しい。

普段《ふだん》は干し肉とかだけだから、こういう新鮮《しんせん》な柔《やわ》らかいジューシーなお肉は、王都に来てからほとんど食べる機会が無い。

田舎村では魔獣などを狩《か》ってくることがたびたびあったので、お肉は塊《かたまり》で手に入ったしよく食べた。

実は食生活は、貧乏だと思っていたハシユリ村のほうが、ずっと豪華《ごうか》な食事だった。食事以外は貧乏そのものだったけどね。

「ここの畑に限り、箱罠を置いていいから、鳥を取っていいよ」

「「「やったー」」」

「「「すごーい」」」

「「「お肉」」」

こうして子供たちの食生活に、お肉が加わった。


王都の西には森がある。

そして南にはかなり広い平原が広がっているのだ。ここも昔は森だったのだけど、薪《まき》や建築資材として伐採《ばっさい》した結果、平原になったらしい。

隻腕のおじさん、ジョンさんとともに私と四人の子供たちで南平原に向かう。


「お、子供連れで平原ですか」

「はい。ちょっとスライム狩りに」

「珍《めずら》しいですね」

「まあそうですね、行ってきます」

城門で、衛兵さんに挨拶《あいさつ》して通してもらう。

西の森は保護森林なので、伐採は許可されていない。そして魔物などが出る。キノコ、薬草など錬金術に使う資源も多いけれど、危険も大きい。

対して南平原には、魔物はスライム、角《つの》ウサギしかまず見かけない。

「あーすごい。牛さんがいる」

牛が何頭も放牧されていた。黒、白、灰色、茶色とバリエーションがあった。

お店で販売《はんばい》しているロイヤルミルクティーに使うミルクはこうして放牧されている牛のものだ。

耳には管理標が付けられていて、持ち主を判別できる。

最大の脅威《きょうい》はこの家畜《かちく》の牛だ。怒《おこ》らせると角で攻撃してくるし、後ろ足で蹴《け》られて死亡することもある。

「だから牛さんは怒らせてはいけないよ」

「「はーい」」

「牛はマジで危険だ。気を付けてくれ」

ジョンさんも同意見らしい。


角ウサギも遠くのほうにたまに見かけるけれど、人を見かけるとすぐに逃《に》げていく。すばしっこいため、捕まえるのは困難だ。

もしウサギが取れたら、お肉もいっぱい食べられるのに残念だ。

あと牛のお肉も流通しているけれど、結構高い。干し肉も流通していて、こちらはなんとか私たちでも手に入るぐらいの値段だ。

ステーキとかになるとすごく高い。

一度でいいからレストランの牛ステーキを食べてみたいとは思うんだけど、村で普段から魔獣のお肉は食べ放題だったから、期待はあんまりしていない。


平原にスライムはいるにはいるけど、まばらにしかいない。まず見つけるのが大変だ。

みんなで移動しながら探す。

そのときに五メートル間隔《かんかく》に広がって、足元もついでに探す。これは主にもう一つの目的、魔力の実とついでに薬草を探すためだ。

魔力の実は一センチぐらいの青い実で、一度に十粒《つぶ》ぐらいなっているはず。

ただ背も低い草になっていて小さいので、離れていると見つけられない。

だから広がって探すしかない。

大人が並んで探しても、日当の代金を払《はら》うと赤字なので、普通はわざわざ探したりしないのだった。

そのせいで値段が高めなくせに品薄《しなうす》で、採ってきてくれる人もいない。


「あった、青い実！」

「よくやった」

みんなで一度集まって、青い実を見る。

青い実がなる草の実物は冒険者ギルドにもなかったので、子供たちは初めて見る。

こうして青い実を探しながら、スライムがその辺にいないか見て歩く。

「スライム発見！」

「おし、よく見ててね。お姉さんから見本を見せるね」

私がナイフでスライムを追いかける。

接近して、ナイフをぶすっと刺《さ》す。核をくり貫《ぬ》いて引っ張り出すと、もう動かなくなる。

「はい、簡単でしょ」

「うぉおお」

「スライムさんっ！」

ポムもついてきているが、微妙《びみょう》な表情だ。目と口だけで顔とかないけど。

ごめんねポム。でもスライム以外に選択肢《せんたくし》はない。

潰《つぶ》れたスライムをリュックに収納して持って帰った。

この日は雨の後だったこともあって、結構な数のスライムを狩れた。スライムは雨上がりによく見つかる。

「スライムの核は、冒険者ギルドに売りつけましょう」

「「はーい」」

魔物の核、それすなわち魔石だ。スライムは最低等級だけど売れないこともない。魔道具の燃料などになる。

貧困街に戻《もど》ってきた。後の処理を説明しよう。

「スライムの体のほうは、こうやって広げて干して乾燥させます」

「「はーい」」

スライムを広げていく。もちろん子供たちにも手伝ってもらう。今度からは子供たちだけで、できるようになってもらわないと。

リュックから乾燥スライムを取り出す。

「こんなふうに乾燥したら完成です」

「「おーお」」

「このすり鉢《ばち》をあげるので、乾燥スライムをこれですり潰してください」

「「はーい」」

「まずは手でちぎっていって、すり鉢に入れて、ごりごりするんだよ」

「「はーい」」

実際にすり鉢にすりこ木を動かして作業してみせる。みんな大人しく見てくれる。

「粉になったらジョンさんに渡して、ジョンさんがミレーユ錬金術調薬店に持ってきてくれたら、お金になります」

「「お金！」」

リュックから銀貨を見せる。

そうそうお金になるんだよ、このスライムが。お金はご飯を買ったりするのに、使えるね。


こうして午前中や日曜日に子供たちを順番に狩りに連れていった。

その後はジョンさんのチーム、私のチームに分かれて指導を続ける。

スライム狩りと魔力の実は、人海戦術が有効なので、人数は多いほうがいい。

一か月後には、年長者多めで子供たちだけのチームも作って、スライム狩りをするようになった。

ジョンさんは複数のチームを順番に見て回っている。

こうして子供たちの作った乾燥スライム粉末は、無事にうちの店に売られるようになったのでした。

◇

魔力の実は売れる値段のわりに採ってくるのはもっとめんどくさいために、ほとんど流通していなかった。ホーランド商業ギルドも普段取り扱《あつか》いしていない。

それをスライム狩りのついでに子供たちに頼《たの》んだので、なんとか少量だけど手に入れられるようになった。全く子供たち様様だ。

「ということで、シャロちゃん」

「はいっ」

「魔力ポーションを作ります」

「お〜」

飲むと魔力の回復ができるのが魔力ポーションだ。

魔力の実には魔力が籠《こ》もっている、というわけではない。なんというか無属性の魔力を溜《た》める能力があるのだ。

魔力の実をすり潰して、水と一緒に錬金釜《れんきんがま》へ入れる。そして煮《に》る。ボブベリーも入れて、無属性の魔力を込《こ》める。

ヒーリングポーションは癒やしの魔力だったけど、属性を偏《かたよ》らせないで、無属性の魔力を注ぎ込むのが重要なポイントだ。

もし癒やしの魔力を注ぐと普通のヒーリングポーションになってしまう。しかも薬効との相乗効果がないので気休め程度になる。

そして無属性の魔力を扱うのは適性の関係でかなり難しいので、これができる錬金術師は少ない。

「はい完成です」

「すごい！」

魔力ポーションは、青い色をしている。

中級ヒーリングポーションは水色なので、ちょっと違う。

魔力ポーションを売っている錬金術師は、魔力の実を採ってきてもらうのに人を雇っているため、ポーションがかなりのお値段になるという話だった。

それでも魔法使いやヒーラーにとっては魔力が生命線なので、喉《のど》から手が出るほど欲《ほ》しがる人はいる。

そしてポーションの例に漏《も》れず、薬効があるのは十日間ほどというシビアなものだった。

もし保存期間がもっとあれば、と思うのも無理もない。

あと魔力ポーションは、結局錬金術師が込めた魔力を使って回復するものなので、自分で作って自分で使うと、最終的な魔力収支は赤字になる。

無限増殖《ぞうしょく》可能なチートポーションではないという点もポイントなんだよね。

もし魔力の実自体に魔力があるなら、魔力の実を持てる限り持って、錬金術師を戦場の最前線に送り付けると効率がいいけど、そうではないということだ。

はあ、前線に送り込まれなくてよかった。

大陸の東の果てに魔族の国がある。

魔族は実物は見たことがないから説明しづらいのだけど、人間と同じように言語を持ち知能がある魔物の一種だと考えられている。

昔は人魔戦争と呼ばれる人類と魔族率いる魔物の大群との戦争が盛《さか》んだったようだ。現在はこの人魔戦争も落ち着いていて、戦闘《せんとう》も活発ではないらしい。

人間同士も、それほど酷い戦争は近年起きていない。


王都にある冒険者ギルド中央店は日雇《ひやと》い労働者と駆《か》け出《だ》し冒険者しかいないんだけど、実は西の森に近い西門支店では、西の森での魔物の討伐依頼《とうばついらい》などが出されている。

だから腕に自信がある冒険者が王都に全くいないというわけではない。中央店にはいないけどね。

「あぁ、魔力ポーションじゃん。やったー」

「いいもん置いてあるじゃん」

「すげー。青いポーション、これが魔力ポーションですか」

いつも携帯食《けいたいしょく》グラノーラと中級ポーションを買いに来る冒険者だ。そういう人たちは魔力ポーションを持って森へ行く人もいるので、それなりに売れた。

他のお店はほとんど予約制らしく、一般《いっぱん》にはあまり出回らないそうだ。


乾燥スライム粉末も、子供たちから主に買うようにしてよかった。

というのも正しい乾燥の方法があって、普通に買うと処理が甘《あま》いものがある。子供たちにはちゃんとした乾燥のさせ方を教えたので、かなり品質のいいものが手に入るようになった。

それでお値段は普通だから、ちょっと得している。今度、もう少し買い取り金額を上げよう。

ギルドを通した一般流通品は、どうしても品質にムラがあるように思う。

でもさ。業者より子供たちのほうが品質がいいって、それ駄目な業者だよね。子供たちを見習ってくださいよという話だよ、本当に。

10章　夏だ、水着だ、祭りだよ

無事七月を過ごして、八月になった。まさに夏真《ま》っ盛《さか》りでありますよ。

七月もおかげさまで、収支はそこそこの黒字だ。

子供たち全員分のナイフと、それから箱罠《はこわな》、鳥の餌《えさ》の小麦の種とかを買い揃《そろ》えたのが、ちょっと高かった。スライムは安定して入ってくるようになったし、子供たちもお小遣《こづか》いを貰《もら》えて食べられるようになったし、万々歳《ばんばんざい》だけど、初期投資はやっぱりかかるね。

とりあえずうまくいっているので、今週の日曜日は遊ぼうと思います。

王都は内陸にあるんだけど、東側には湖が隣接《りんせつ》している。


「というわけで、泳ぐっきゃない」

「ぱふぱふ、そ～れ」

「わーい」

湖にいくと二人に告げると大はしゃぎだ。

キャピキャピの女の子が三人も揃っていて、夏に湖があるんだから、もちろん泳ぐでしょう。

まず先週の日曜日、水着を買いに行った。

女性服店「カマランチン」。別に高級店ではないんだけど高級そうな雰囲気《ふんいき》はある。

服は高い。そうなのだ。特に布地が高いんだよね。

まずはお店に入るところから敷居《しきい》が高いというか。別に悪いことはしてないけど。

庶民《しょみん》にはこの高い服屋さんに入るところから眩《まぶ》しすぎるんだよね。

それで手に汗《あせ》を握《にぎ》りながら、三人で視線を合わせたりしてなんとかお店に入った。

「いらっしゃいませ。何をお探しですか？」

「あ、はいっ、みみ、水着を」

「そうですね、こちらです。ご案内は必要ですか？」

「い、いえ、自分たちで探すので」

「分かりました。ごゆっくりどうぞ」

「はい」

こちらはおっかなびっくりで、センスのいいかわいいフェミニンな服を着た店員さんの相手をする。

これだけでもなんだか緊張《きんちょう》する。

私とマリーちゃんとでお互《たが》いを慰《なぐさ》めつつ、一人平気そうな雰囲気のシャロちゃんをジト目で私が見たりしつつ、水着コーナーを物色する。

これでも女の子だ。実物の派手な水着を前にするとなんだか興奮してくる。

きゃいきゃい言いながら、どの水着にしようか話して決める。

でもねぇ、聞いてよ。なに王都の水着‼

ビキニタイプとかいうのばっかりなんだよ。おっぱいを隠《かく》す布とパンツしかない形で、確かにこれなら布地を大幅《おおはば》に節約できるから、多少安い。

他のワンピースタイプとか値段が倍以上するからとても買えないや。

でもこんなに露出《ろしゅつ》の多い水着なんて、恥《は》ずかしいよぅ。

「他のデザインがいい……」

「いいじゃないですか。ミレーユさんだってビキニ似合いますって」

「そう？」

「そうです、そうです」

「そうですよぉ」

二人に励《はげ》まされて、渋々《しぶしぶ》ビキニタイプの水着を選ぶ。

「これなんてどう？　ワインレッドっ」

「ミレーユさん、派手ですねぇ」

「やっぱ派手かな？　もっと大人しい水着にしてくりゅ」

シャロちゃんがピンクの水着を手にやってくる。

「髪《かみ》に合わせてピンクにしてみたんですけど」

「お、シャロちゃんのピンク髪にピンクのビキニもいいね」

「うん。でも他のも探してみますね」

私も他のを選んでみては体の前に当てて鏡に映す。

「これヒラヒラがついててかわいい。でもビキニより高い」

「あぁかわいいです、かわいいですよミレーユさん。でも値段が」

「やっぱり。だよねぇ」

とっかえひっかえ手に取って体に当てて比較《ひかく》検討をする。こういう時間が一番楽しい。

結局買ったのは、私は若草色の水着、マリーちゃんは白の水着、でもってシャロちゃんは黄色の水着だった。

「楽しみですね、ミレーユさん、シャロちゃん」

「うん」

「はい！」

シャロちゃんは元気いっぱいに返事をした。

シャロちゃんとマリーちゃんは行く前からわくわくしているようだ。


そして本日、水着を買ってから一週間経《た》った日曜日。

いざ、まいられよ。向かうはベンジャミン湖西岸、ラッフェル浜《はま》。

「わあ、人いっぱい」

「すごい人気ですね」

「前より混んでますね」

順番に私、マリーちゃん、シャロちゃん。

「あれシャロちゃん来たことがあるの？」

「え、あ、はい。小さいころはよく連れてきてもらいました」

「そっか」

「えへへ。実はそうなんです。すみません」

「いえいえ」

シャロちゃんはちょっと照れながら告白してくれた。

なるほど、さすがお嬢様《じょうさま》っぽいシャロちゃん。こういうところも経験済みですか。なるほどね。


白い砂浜、打ち返す白波、青い空。真っ白なふわふわな雲。すごーい。絵になるぅ。

人が多いことには目をつぶろう。

「よしせっかく来たので、遊びましょう」

「はーい」

「さんせーい」

シートを敷《し》き、荷物を砂浜に置いて、ワンピースを脱《ぬ》ぎ捨てる。

下はもちろんすでに水着を着こんでいる。それから水辺へ走っていく。

「わあああ」

「待ってくださいよぉ、ミレーユさん。速いです」

「ああ、二人とも置いてかないで……」

遅《おそ》いのはシャロちゃんだ。彼女《かのじょ》は都会っ子なのか、ちょっとどんくさい。

「お水気持ちいいね」

「わわ、冷たいけど、大丈夫《だいじょうぶ》」

「きゃっ、お水です、わーぁ」

まず私、冷たさにびっくりするマリーちゃん、勢いよく水に入っていくシャロちゃんだ。

水辺でお水に浸《つ》かるのを楽しんだり、ばしゃばしゃと水を飛ばしてみたりする。

「そーれ、ほれほれ、マリーちゃん」

「ああ、ミレーユさん冷たい。やりましたね」

マリーちゃんの顔に私の飛ばした水がかかる。

「お返しです、それそれそれ」

「あ、冷た、あ、う」

反撃《はんげき》を食《く》らった。

「二人ともずるいです。えいえいえいえい」

シャロちゃんからの援護《えんご》射撃と思いきや、二人とも水浸《みずびた》しにされちゃった。

どんくさいと思ったけどなかなかやるではないか、おぬしよ。


湖で遊ぶの楽しい。午前中は人の多い水辺で遊んだり、その辺で泳いだりしていた。

出店があったので、お昼を食べる。

「お、肉串《にくぐし》だよ肉串」

「お肉です。お肉」

「もう二人とも」

あきれているのはシャロちゃん。私とマリーちゃんにとって、お肉の塊《かたまり》はあまり食べない贅沢品《ぜいたくひん》なのだ。

「お肉食べたいもん」

「ミレーユさんは肉食獣《にくしょくじゅう》ですな」

「ミレーユ先生まで肉食女子だったんですね」

えへへ。お肉美味《おい》しい。

何のお肉か書いてないけど、美味しいお肉だからいいんだ。

きっと西の森の魔獣とかだよこれ、ちょっと牛肉にしては安かったもん。

「よし食べたし、遊んだし。仕事しよう仕事」

「え、ここまで来て仕事ですか」

「そうだよ、仕事です」

ガーンって顔するマリーちゃん。

「仕事って言っても採取してこようと思ってさ」

「採取ですか」

「そそ、採取。向こうの人が少ない岩場のほうに行こう」

「「はーい」」


三人で荷物を持って岩場に移動する。リュックには採取道具類もそれなりに入っている。

完全に岩場になる前の砂浜をまずは掘《ほ》る。

「掘る、掘る、掘る」

みんなでスコップとか農具とかで掘っていく。

すると、出るわ出るわ、二枚貝がたくさん取れた。

「これは？」

「これはモニスアサリだね」

「へぇ」

モニスアサリちゃん。図鑑《ずかん》でしか見たことないけど、食べられる。

「よしこんなもんだろう、次は岩場探検だ」

「「わーい」」

岩場を見て回る。

草とか水生昆虫《こんちゅう》とか、あと変な生き物がいろいろいる。

知らない生き物もそれなりにいた。

「これこれ、この水草、探してた。よかったあった」

「なんですかそれ、先生」

「これは、リーリング・モヒテム・バルーム・アルバケロン草」

「はい？」

「通称《つうしょう》、アル草」

「なるほど」

名前が長いのは伊達《だて》じゃない。

聞いて驚《おどろ》け見て笑え、おどろ木ももの木さんしょの木、な、な、なんと特級ポーションの材料の一つなのだ。

「すごいでしょ」

「すごい、すごい」

「よかった、あって。綺麗《きれい》な水じゃないとないんだよね。水草だから栽培《さいばい》もしてないし」

よかった。この辺を見ると、辺り一面、このアル草が生えている。

これだけあれば、採り尽《つ》くしたり、気が付いたらなくなっていたり、という心配はあまりなさそうだ。

「乾燥《かんそう》して処理しちゃうから、持てるぶんぐらい、収穫《しゅうかく》させてもらおう。万が一のときに、必要だし」

「「はいっ」」

三人で収穫する。

この草はすごく長い葉っぱが水底の地面からびよーんて伸《の》びていて、そしてちょっと粘《ねば》り気《け》のある液体を出しているらしく触《さわ》るとねばねばする。

ハシユリ村の近くにも、大きくはないけど綺麗な水の川があって、流れの穏《おだ》やかな深いところなんかにこのアル草は生えていたので、冷たい水を我慢《がまん》して採りに行ったのを覚えている。

「よしこれで準備できるね」

「よかったですね」

「うん、さすがにユグドラシルの木はあるのに、他の材料が無くて秘薬が作れないとか、困ったときにもっと困るところだよ」

この湖の水はとても綺麗なのが不思議なくらいだ。

そんなに大きくはないんだけど、水の入れ替《か》わり、それからなんか湖固有の水草の一種が関係しているらしい。

あ、あと、湖で魚を捕《と》ったりしている人たちもいる。

それから湖にも水生魔獣みたいなのがいる。

有名なのはベンジャミンアシカかな。魚を食べる魔獣で、人を襲《おそ》うことはまずない。

あまり狂暴《きょうぼう》ではないけど、怒《おこ》らせると牛ぐらい怖《こわ》い。

今も向こう側の岸辺にみんなで並んでお昼寝《ひるね》している茶色いのが見える。

顔はかわいいから、それなりに人気だけど、ペットにするのには不適格で飼っている人はいないね。

あとは冒険者《ぼうけんしゃ》がたまに捕《つか》まえている。毛皮は耐水性《たいすいせい》があり高値で取引されて、あとお肉もそれなりに食べられているんだって。

ベンジャミンアシカはベンジャミン湖と、周辺の湖のいくつかに生息しているよ。

◇

ある日曜日。貧困《ひんこん》街の子供たちは普段《ふだん》チームに分かれて活動しているんだけど、今日はちょっと違《ちが》うらしい。

私は呼ばれて、それを見に行くところなんだ。

フルメンバーの十三人が全員集まっている。それから指導者のジョンさんもいる。

結局、子供たちだけでは危険だ、ということで、有志のボランティア指導者の人が何人か一緒《いっしょ》に来てくれている。

普段もチーム別のときにチームに大人一人はいるようにしているんだって。知らなかった。

まあ、子供たちだけでも南平原では大丈夫ではあると思うんだけど、万が一はあるかもしれない。

結構な頻度《ひんど》で鳥狩《とりが》りはしているんだけど、無職の親御《おやご》さんとかもいる貧困街では、全員でお肉を分けるとほんの少ししか食べられない。

だから何回かに分けて、順番に食べるようになったんだって。

子供だけなら一回の鳥狩りでいけるけど、そっか、そうだよね。

そこで考えたのが、他のお肉も捕ってくるという、まあ普通《ふつう》の考えだった。

「目をつけたのは角《つの》ウサギだ」

「角ウサギを？」

「ええ。捕まえようということになったんだ」

私がジョンさんから話を聞く。

角ウサギは近づくと逃《に》げていってしまう。そこで全員で輪を作って広がって、囲うようにその輪を狭《せば》めていく。

すると反対方向に逃げるわけにはいかないウサギが真ん中に残っている。

「よし、いるぞ」

「もうちょっとだ、頑張《がんば》れ。まだまだ」

輪をどんどん小さくしていくと、最後には追い詰《つ》めることができる。

気を付けないと、囲った子供同士の間をすり抜《ぬ》けて逃げていってしまう。

でもウサギは普段狩られることがほとんどないため、かなりの数、草原にはいるのだ。

だから囲んで追い詰めると、一回で数匹《すうひき》はいる。

「よし、かかれ」

「「わあああああ」」

みんなでウサギを追いかけまわす。

そして追いついたところで、ナイフを一突《ひとつ》き、角ウサギを仕留めることができた。


「なるほどね」

「人数が必要なので、普通の大人のパーティーでは無理だけど、人数が多くて大金を求めているわけでもない子供たちならではの狩りだな」

「ふむふむ」

うん。大人でこの人数なら森へ行って、大型の魔獣を狙《ねら》ったほうがよっぽどお金になる。

でも子供たちにはそれはできないので、安全でかつ、他の人があまり狙わない、角ウサギに目をつけたのは素晴《すば》らしいと思う。

「お肉を捕ってくると焼くのに薪《まき》がいるんだけど、薪代も結構必要でね」

「あー、そうですよね」

うん。鳥を焼くのには薪がいる。パンを買ってくるだけなら火とか使わないいんだよね。

一応として乾燥スライム粉末とスライムの核《かく》の代金があるんだけど、全部薪を買っていたらちょっと悲しいことになっちゃうね。

更《さら》なる収入が欲《ほ》しいと思うのも、無理はない。


「お肉、お肉、肉肉ぅ」

「ウサギさん」

「ささっと解体しようぜ」

子供たちはたくましい。もうウサギの解体も覚えている。

このウサギは、皮も売れるし、肉も売れる。食べるだろうけど。

それから角ウサギというだけあって、おでこの角が売れるんだ。それも結構いい値段で冒険者ギルドが買い取ってくれる。

これは角を削《けず》ったナイフとか、角を粉にした民間療法《りょうほう》の薬とか、用途《ようと》がいくつかあるらしい。

茶色いかわいいウサギさんはあっという間に解体されて、お肉と角と魔石を持って帰る。

ちなみに角は固いくせに攻撃力《こうげきりょく》はあまりない。体が猫《ねこ》サイズというのもあるし、突撃《とつげき》とかしてきても、あまり痛くない。

これが一撃必殺の攻撃力とかでなくて、よかったね。


ウサギ狩りは何回もやって、今日は七羽捕まえることができた。

この平原にはほぼ無限にウサギが野放しになっているので、狩り尽くしたりせず大丈夫だろう。

帰り、冒険者ギルドに寄って、ジョンさんが角と魔石を換金《かんきん》していく。

そして薪を買って帰る。

子供たちの活躍《かつやく》は素晴らしい。頑張っているみたいだ。

◇

八月の第二日曜日。今日はお祭りなんだよ。

王都での主催《しゆさい》は国王だけど、一応ルーセント教のお祭りなんだ。

要するにルーセント教が国教になっていて、宗教にも国の影響《えいきよう》があるんだ。

世界的にも各地で大小のお祭りが開かれるんだそうだよ。

お祭りの名前は聖ヘクトリーナデーといって、聖ヘクトリーナ様が聖人に認定された日なんだって。

三百年くらい前、ただの田舎《いなか》の町娘《まちむすめ》だったヘクトリーナ様は天啓《てんけい》を受け、ヒール魔法《まほう》系統である聖魔法に目覚めたそうだ。そして人々を癒《い》やし続け、教会に所属し町から領都、そして王都へと異動になり、ついに王様までもお世話になった。

その功績が認められ生きているうちに、聖人の称号《しようごう》を教会から与《あた》えられたのが、八月の第二日曜日なんだってさ。

なんでも聖ヘクトリーナ様は大層な美少女で、毎日のように告白されていたとか。それにあやかり、愛の告白をするといい日とされてるんだよ。きゃあ。

うーん。今のところ、男の人には、特に興味はないかな。

この前もイケメンに騙《だま》されたばかりだし。

顔だけじゃ駄目《だめ》だよね。もっと経済力とか、いろいろ理解してくれる優《やさ》しい人じゃないと。

それともう一つ特徴《とくちょう》があって、地域にもよるんだけど、お魚を食べる日なんだよ。

お魚がどうしても手に入らない地域は、お肉の日みたいだけど。

実家の田舎村でもやっぱりお魚の日で、普段あんまり食べない川魚、あとは干物の海の魚が運ばれてくるんだよ。


「お魚の日だね、どうしよっか」

「お魚もなんでも好きですよ」

「さすが食いしん坊《ぼう》のマリーちゃん」

「えへへ」

「シャロちゃんは？」

「ワタシはいつもはイカリナですね」

イカリナは湖で捕れる小型の魚でとっても美味しい。そのぶんちょっとお値段高めだ。

この辺ではお魚の日といえば、イカリナなんだそうだ。もちろん富裕層《ふゆうそう》の話だと思う。

「よし、決めた。イカリナにしよう。マリーちゃん買ってきて」

「了解《りょうかい》しました」

マリーちゃんしくよろ。

あ、日曜日でいつもはお店はやってないけど、今日はお祭りだから特別にやっている店が多いんだ。

なおうちはお休みです。


「待ってる間にシャロちゃんは錬金術《れんきんじゅつ》の練習だあああ」

「え、あ、はい」

「下級、中級とできたからね、上級は材料費が高いから飛ばして、特級の訓練してもらおうかね」

「は、はい」

訓練と言ってもポーションを作るとかではない。魔力を練る練習だ。

こう両手をかざして魔力を手に循環《じゅんかん》させる。もっともっとだ。特級の込《こ》める魔力はそんなもんじゃない。いっぱい魔力使う練習しないと、できないよ。

「ねーるねるねる、ねるねるね、はいっ」

「えっと、ねーるねるねる、ねるねるね」

「いいよいいよ、もう一回」

「ねーるねるねる、ねるねるね」

「そうだよ、もっとあと十回」

「ねーるねるねる、ねるねるね……」

はあ、結構魔力を練ったね。頑張った、頑張った。集中力いるから大変だよね。

ふわっと手を離すと、あれだけ集まっていた魔力もどんどん飛んでいって霧散《むさん》してしまう。不思議な光景だ。


恋人《こいびと》たちが告白する日だからと、お外でデートしたり、日曜だけど特別にやってるレストランで食事したり、と甘《あま》い時間を過ごすみたいだけど、我々には関係ないのだ。のだぁぁあ。

子供たちにとっては、この日はというと、お魚クッキーという魚の形のクッキーを貰える日ということになっている。

ただし、お店もやっていないので、親から貰える子もいるというだけだ。

もちろん貧困街とかではこういう風習もないと思う。

明日、朝にお魚クッキーを作って持っていこう。一日遅《おく》れだけどまあ許してもらおう。

うちではマリーちゃんが帰ってきて、イカリナを素揚《すあ》げにした。

「いただきます」

「「いただきます」」

さっそくイカリナを食べる。

「ん、美味しい。塩加減もちょうどいい」

「あ、美味しいですね」

「でしょ、美味しいですよね、これ」

みんなでイカリナを食べた。

知っている魚でいうとワカサギみたいな感じだね。小さいから骨まで食べられる。サクッとしてるし、お魚の旨味《うまみ》もある。美味しかったです。

11章　ポムポーションだよ

最近出番があんまりない、我《わ》が家のポム隊員。

実はスライムの平均寿命《じゅみょう》はその大きさから推定して、二、三年ぐらいだと思う。

スライムはポムを観察した限りでは年齢《ねんれい》を重ねるごとに大きくなる。

ポムは今、三十センチぐらいかな。この大きさで十歳《さい》ぐらいだと思う、たぶん。

明らかにポムはスライムとしては長生きのほうだと思う。

テイム歴の長いスライムならみんなそうなのかもしれないけど、野生では珍《めずら》しい。


私の推論だと、薬草を普段《ふだん》から食べているのが長寿《ちょうじゅ》の秘訣《ひけつ》だと思うんだ。

まだまだ元気で長生きしそうだし、観察し甲斐《がい》があるというもの。

「ポムポム～紅茶飲む？」

「きゅっ」

ポムはお紅茶も好きだね。ミルクと砂糖を触手《しょくしゅ》を伸《の》ばして器用に入れる。知能も高い。


そんなポム君なんだけど、ある日、未使用の薬瓶《くすりびん》を食べようとした。

「ポム何してるの？」

後ろを向いてこそこそ、もぞもぞしている怪《あや》しい。

「ぽーむ」

くるっと回ってこっちを向いたポムの両手、いや触手には、なみなみと中身の入ったポーション瓶が握《にぎ》られていた。

もちろんちゃんとご丁寧《ていねい》に蓋《ふた》までしてある。

「なにそれポーション？」

「きゅっ」

そうだ、とキメ顔またはドヤ顔だろうか。スライムなのでよく分からないけど。

液体の色はポムに似た黄緑色をしていた。

「うんうん。すごいすごい、ちょっと見せてね」

「きゅっ」

ポムからポーションを預かる。手で持って漏《も》れている魔力《まりょく》から含有《がんゆう》魔力量を推定するんだけど、
あん、んん⁉

なんか私の作る中級ポーションよりも倍近い魔力を感じるんだけど。

秘薬より魔力は少ないけど、大金が必要で材料の入手性に難がある上級ポーションを除き現実的な選択肢《せんたくし》として現状手に入るポーションとしては断トツだろう。

「どうしたんですか、そんな真剣《しんけん》な顔してミレーユ先生」

「シャロちゃん、これすごいよ」

「え、なんです、わわ、何この魔力量」

シャロちゃんにも確認《かくにん》してもらったけど私の感覚と同じだった。

恐《おそ》るべきポーション。

「よし、名前をつけよう。ポムポーション」

「「ポムポーション」」

「きゅっ」

マリーちゃんもやってきて、一緒《いっしょ》にびっくりしている。


ポムは最近、中庭の中級ポーションの材料であるルーフラ草がお気に入りで、よく私の目を盗《ぬす》んで、畑の新鮮《しんせん》な葉っぱを食べているのを知っている。

別にポムが食べるくらいならいいかなと放っておいたんだけど、なるほどなるほど、こうやって還元《かんげん》してくれるわけですね。

「ポムちゃん。ポムちゃん。そのポーションってあと何本作れるの？」

「きゅきゅ」

空のポーション瓶をポムに渡《わた》すと、こそこそと後ろを向いてポーションに「謎《なぞ》の液体」を注いでいるようだ。

瓶は五本渡したんだけど、中身が入って戻《もど》ってきたのは最初のを含《ふく》めた合計で三本だった。

「三本か。こりゃ貴重だわ」

「きゅっ」

「毎日作れるのかな、ポムちゃん」

「きゅっ」

頭を上下しているから、肯定《こうてい》だろう。

上級ポーションに匹敵《ひってき》する、ポムポーションは数は少ないけど定期的に作れることが分かった。


急いでホーランド商業ギルドのメイラさんを訪ねに行く。

「メイラさんメイラさん」

「なんだい、急いで」

「緊急《きんきゅう》なんです」

「おやおや」

メイラさんは相変わらず美人だ。でも口調とかはちょっと男っぽいというか中性的というか、あんまり女らしくはない。


ポーションを取り出して、ポーションを測定してもらうためにメイラさんに渡す。

「おや、見た目は低級ポーションだけれど」

「そうですね、はい」

以前中級ポーションを渡したときに、魔力量を測っていたので、この人は錬金術師《れんきんじゅつし》と同じで自分で測れる、「分かる」人らしい。

「うわあ。なんだこれ、ちょっとどころじゃないじゃないか」

「あ、え、はい」

「なんという魔力量。上級ポーション並みだ」

「そうですね」

「どこでこれを？　いや自分で？　どうやって？」

「あの、私じゃなくて、こっちのポムが」

私が行くところには、ほぼポムがついてくる。

「ほう、ポム君？」

「きゅっ」

またしてもキメ顔で答えるポム隊員。

「つまりスライムのポーションということかな」

「そうですね」

「ちなみに中身は何でできてるんだろうか」

「さあ」

体液、血液、涙《なみだ》、唾液《だえき》、それから鼻水、おしっ……。

う、うん。可能性はいろいろだよね。まあ考えちゃ駄目《だめ》だよね。

飲むことで回復することが多いとはいえ、掛《か》けても使えるんだし、まあ嫌《いや》なら飲むな、というか。

死にかかっていて、嫌とか言ってられないよね。

こうして中上級ポーション、ポムポーションが爆誕《ばくたん》した。


メイラさんとの話は続いている。

「まあ、これの中身がスライム君の『何』であるかは気にしないことにしよう」

「そうです、そうですよ」

「それで、どれくらい生産できる。材料などはいるのかい？」

「日産三本ぐらいみたいです。材料はポムがルーフラ草を食べてるのがそうだと思います」

「なるほど、ルーフラ草か」

「それは、食べる量を増やせば、ポーションも増えるのかい？」

「さあ、検証はまだなにもしてなくて。効果の実証もまだですね」

「ふむ」

メイラさんは美しい顔を斜《なな》め上に向けて、目をつぶって考えている。

「薬は指定機関というかババランの病院のみで扱《あつか》うようにしよう」

「え、それって独占《どくせん》ですか？」

「そうだ。その代わりババランは利益を得ない」

「それって、タダってことですか？」

「いや違《ちが》う。ポーションの代はミレーユちゃんの取り分で全部にしよう」

「あ、なんとなく分かってきました」

「取り合いになるのは目に見えている。そして中級ポーションで治療《ちりよう》が難しい患者《かんじや》はそんなにいない」

「はい」

中級ポーションで無理なら、現状はほとんど諦《あきら》めるしかない。

現在は教会にも最高位のヒーラーさんはいらっしゃらない。

最高位のヒーラーさんだと上級魔法のハイヒールや最上級魔法エクストラヒールなどを使える人もいる。奇跡《きせき》の御業《みわざ》らしい。

しかしポムポーションで生存できる可能性はある。

問題は値段だ。上級ポーションが貴族専用なように、とんでもないことになるのは目に見えている。

そしてポーションには使用期限があり、期限内に高いお金を払《はら》えない人は死ぬ。

それではあんまりなので、利益度外視で公共の福祉《ふくし》として、安値で使ってしまおうという話だ。

高いポーションが誰《だれ》も買えなくて、期限切れで捨てられるとか、もったいなさすぎる。

「最初は貴族、王族からだ。その分は相応《そうおう》な金額を取ろう。それが一段落したら一気に値下げして、庶民《しよみん》なら買えるようにする。これでどうだ。中級ポーション並みとはいえないけれど、二倍よりは安くすると約束する」

「は、はい、それでいいです」

「すまん。やろうと思えば多額の利益を得られるのに、そうはしない」

「いえ、いいんです。あ、でも携帯炉《けいたいろ》でいいから、炉が欲《ほ》しいんですよね。あと制服」

「あはは。それはいずれ」

「そうですね。まあ貴族相手にポーション売ればそれくらいになるかなぁ」

「なると思う。大丈夫《だいじょうぶ》だ」

「やった」


家に戻ってきてまずはポムにお願いだ。

「ポム、あのさあ、お願いなんだけど聞いてくれる？」

「きゅきゅきゅきゅっ」

「庭のルーフラ草、黙《だま》って食べてるよね？」

「きゅっ」

ちょっとそっぽを向く仕草とか、なんだかかわいい。

「ルーフラ草を好きなだけとまではいえないけど、もっと食べてもいいから、ポーション一日で六本ぐらい作れないかな？」

「きゅっ」

なんか答えたポムはぽんぽん跳《と》びまわってうれしそうにしているから大丈夫だろう。

ルーフラ草自体は、借りた畑にもかなり植えてあるので、中庭のものは主にポムの餌《えさ》用にしよう。


こうして翌日、うれしそうにルーフラ草を食べたポム隊員は、ポムポーションを六本、約束した通り作ってくれた。

「ポムは偉《えら》いねえ」

「きゅっ」

自慢気《じまんげ》な顔のポム。

まあ、その顔ぶんの働きはしているので、突《つ》っ込《こ》むわけにもいかない。

なかなかかわいい。


ババラン病院には、新ポーションが入荷するようになった。

そしてホーランド商業ギルドの名前で、新、中上級ポーションを王都で告知した。

これがポムポーションだということは、ほとんど知られていない。

一応メホリックの老紳士《しんし》、ボロランさんには教えてある。

「ルーフラ草を食べさせていたら、ポムがすごいポーション作りまして」

「なんとまあ、いやはや」

「それでホーランド商業ギルド経由で、ポムのポーションということは隠蔽《いんぺい》してもらって、ババラン病院で治療が受けられるようになっています。それが中上級ポーションです」

「ふむ」

あまり上手じゃない説明を必死にして、納得《なっとく》はしてもらった。


最初は中上級ポーションの値段は貴族価格なので高かった。

貴族でも材料が手に入らない限り、上級ポーションを手にできない。中級ポーションでは治らないタイプの病気や酷《ひど》い怪我《けが》の人もいる。

材料待ちの順番待ちみたいになっていたんだけど、その一部はこの中上級ポーションで、なんとか治せる人も多かった。

先に新しい中上級ポーションを使って治療できるぶん、金額は高いという説明はしてあるので、後で安くなるのは貴族も承知していた。

そうでないと後で怒《おこ》られても困る。納得できない人は、安くなるまで待つんだろう。


そしていよいよ中上級ポーションが安くなった。

毎日六本だったんだけど、今はポムが頑張《がんば》って八本作ってくれている。そのぶん薬草をむしゃむしゃするんだけど、必要経費だ。

相応のポーション代そのものは貰《もら》っている。

錬金術師たちの間では謎の、中上級ポーションはこうして広がっていくのだった。

◇

九月になった。まだ残暑が続いている。

先月も滞《とどこお》りなく、各所に支払《しはら》いを済ませて、あとベッドセットの借金も払って完済しました。

シャロちゃんと朝ご飯を食べた後、雑談に入る。

「九月になったから、あれだよね」

「先生、あれですか?」

「誕生日」

「あ、ああ。王都では数え年が多いので、あまり誕生月の話はしませんね」

数え年制度では、年齢が上がるのが一斉に一月一日なので、誕生日や誕生月は祝わないのだそうだ。

「へぇえ。ハシユリ村は誕生月の制度があるんだよね」

「変わっていますね。王都でもかなり昔は誕生月に神殿《しんでん》で祈祷《きとう》する風習があったらしいんですけど」

「そうなんだ。ハシユリ村と一緒だ」

「はい。今はあまりやらないとか」

「じゃあ神殿いこうか?」

「そうですね」

私とシャロちゃんはどちらも九月生まれだ。私が三日、シャロちゃんが十六日。

別々に祈祷をしてもらうのも面倒《めんどう》なので、次の日曜日に一緒にしてもらうことで日取りを決めた。


ということで日曜日。シャロちゃんとマリーちゃんを連れてまた神殿に向かう。

「だいぶ前に来て以来ですもんね、先生」

「神殿で買ってもらったペンダントです。これ」

「そう、それそれ」

首から下げているペンダントを取り出して見せる。

銀製でニンジンみたいな三角の体に天使の羽が左右についている意匠《いしょう》のものだ。

聖ラファリエル神殿は本日も相変わらず、その大きな建物がどーんと鎮座《ちんざ》している。

「誕生月の祈祷をお願いします。私とこちらのシャロちゃんの二人分」

「かしこまりました」

銀貨を必要枚数支払って壇《だん》の下で待機する。

巫女《みこ》さんが神様像の前でお祈《いの》りのポーズをした。

「アンナ、メハイヤ、トラクリス、インゲム、ムハランジャ‼」

お、でたでた、よく分からない祝詞《のりと》。こういうのも嫌《きら》いではない。

巫女さんの祈祷が終わる。

「『ありがとうございました』」

ふう、やはり年一回の祈祷といえば誕生月だ。

ハシユリ村での誕生月の祈祷と同じだったので、ハシユリ村はきっと昔の風習が田舎《いなか》だてらに残っていたのだろう。

次はケーキ屋さんだ。

「すみません。ショートケーキ三つください」

「はい、承《うけたまわ》りました」

「本当はホールにしたかったんだけど、ごめんね」

「いえ、十分です、ミレーユ先生」

「よかったねシャロちゃん」

「うん。ありがとうございます」

「どういたしまして」

白いホイップクリームがたっぷりと使われたケーキだ。

ホールは高いから買えないけど、ピースなら人数分くらいならなんとか買える。

砂糖も使われているからお値段はかなりする。でもほら、誕生日くらいは祝いたいじゃない。

「えへへ、お誕生日です」

「子供みたいにはしゃいじゃって」

シャロちゃんとマリーちゃんが雑談をしている。

「まあね。でもやっと十四歳だよ」

「まだまだ子供扱いされるよね、あはは」

「全くですよぉ」

ミレーユ錬金術調薬店に戻ってくる。

「「ただいま」」

お母さんお父さんにおかえりって言ってもらったのももうずいぶんと昔だ。

おばあちゃんはしばらく生きていたけれど彼女《かのじょ》も死んでしまった。

あとはお兄ちゃんだけだけどハシユリ村は遠い。

「おかえりっ、じゃあちゃちゃっと誕生日の準備するね」

私は自分でおかえりを言って中に入っていく。

お湯を沸《わ》かす。とっておきの紅茶にしよう。ホーランド商業ギルドで買ってきた特別な紅茶だ。とってもいい匂《にお》いがする。紅茶という文字通り、淹《い》れると赤い。

ポットに茶葉を入れ、そこにお湯を注ぐ。ジャンピングと言って葉っぱがお湯で泳ぐように動くのがいいとされるらしい。

そうして出したお茶をコップに注ぎ、砂糖とそして冷やしたミルクを注ぐ。

すると赤と白が混ざって綺麗《きれい》なミルクティーの色がライトブラウンに染まる。

「美味《おい》しそう」

「でしょう」

「いひひ、とっておきだからねぇ」

「はいっ」

こうしてみんなで色を楽しんだ後は香《かお》りだ。

「匂いを嗅《か》いでみよう」

「んっ、いい匂い」

「本当、本当」

マリーちゃんもシャロちゃんもその匂いにはうっとりだ。

「さてそれでは、私とシャロちゃん。九月生まれの子。お誕生日おめでとうございます」

「「お誕生日おめでとうございます」」

マリーとシャロちゃんがお祝いしてくれる。

「「ありがとうございます」」

誕生日の私とシャロちゃんがお礼を言う。

「おめでとう、ぱちぱちぱち」

唯一《ゆいいつ》、九月生まれでないマリーちゃんが拍手《はくしゅ》してくれる。

私たちも自分たちの誕生日を祝って一緒に拍手した。

「それでは紅茶を一口」

「美味しいっ」

「あら、ほんと美味しい」

「美味しいです」

みんなで優雅《ゆうが》にミルクティーを飲む。コーヒーも好きだけど特別な紅茶は文句なく美味しい。

高級品として取引されるだけはあった。貴族様は普段からいい物を飲んでて羨《うらや》ましい。

「さてケーキ入刀」

「うっひひ」

「いただきます」

ケーキにそれぞれフォークを刺《さ》して口に運ぶ。

「甘《あま》くておいちっ」

「美味しいね」

「美味しいですっ」

三者三様。ちょっとずつ台詞《せりふ》も違った。でも言ってることは全く一緒だ。

もぐもぐとケーキを頬張《ほおば》る。

やっぱり誕生日にはケーキを食べなければ始まらない。

ハシユリ村にもケーキ屋さんがあって誕生日に買うのが習わしだ。

あの狭《せま》い村にある数少ない娯楽施設《ごらくしせつ》の一つだった。

だから子供たちは誕生日に食べられるケーキが毎年待ち遠しい。

お父さん、お母さん、おばあちゃん、十四歳になったミレーユは王都で頑張って生活しています。

天国で見守っていてください。

12章　アプルの木と収納のリュックだよ

日曜日、また子供たちと平原に狩《か》りに来ていた。

今日はウサギ狩りではなく、スライム狩りと魔力《まりょく》の実を探す日だ。

ウサギ狩りの日も魔力の実は探してくれている。ただスライムはお預けになる。

スライムと魔力の実の利益も子供たちにとってはバカにできない。

「あはは、あー、あの木、アプルの木だあ」

アプルの木は要はりんごの木なんだけど、厳密には種類が違《ちが》うらしい。

子供たちは魔力の実を探しつつも、アプルの木に集まっていく。


この平原には草だけでなく、まばらにこういう木が生えている。

ほとんどはただの木なんだけど、アプル、オレンジ、レモンなど王都で栽培《さいばい》しているものから種が運ばれてきて、いつの間にか生えたと思われる木もそれなりにあった。

ただ広い平原内のところどころに生えていて、わざわざ一日かけてここまで取りに来る人はまずいないので、放置されていた。

それを平原で活動している子供たちは、うれしそうにアプルの実を木に登って収穫《しゅうかく》していく。

小さいから身軽で、細めの木だろうとへっちゃらだ。

そうして収穫したアプルの実をその場で一つずつ食べる。

「アプルは美味《おい》しいね」

「アプル好き」

「おいちい」

私もアプルの実を貰《もら》ったので、ポムと分ける。

「ポム美味しい？」

「きゅっ」

「そう、よかったね」

ポムは甘《あま》いものとかも好きなので、木の実も好きみたい。

子供たちは、粗末《そまつ》なリュックに残りのアプルの実を入れると、次のスライムを探しに戻《もど》った。

「あ、あの木、蜂《はち》の巣ができてるみたい」

「あーどれどれ」

確かに蜂の巣ができてる。

この種類のハチは、木の上に巣を作るんだけどミツバチで、美味しい蜂蜜《はちみつ》が取れる。

「やったあああ」

「おりゃあああ」

「うぃええいいい」

みんな大興奮で、蜂の巣をよろこんだ。そりゃあ甘い蜂蜜は大好きだよね。

子供たちが木に登り巣のところまで上がって蜂蜜を取ってくる。これもすでに経験済みらしく、どこからか瓶《びん》を持ってきていた。

抜《ぬ》かりはないらしい。しっかりしてる。瓶に溜《た》めた蜂蜜はたっぷり入っていて、美味しそう。

蜂の巣からこぼれた分を手に取って、直接舐《な》めていた。

「おいしい」

「あっまーい」

「甘い甘い」

「おーいしー」

なかなか元気に子供たちも狩りをするようになっている。

最初はスライムと魔力の実だけだったのに、たくましい。


私はちょっと考えた。

荷物を、うん、ぼろいリュックサックに入れて運んでいるけど、もしもっと薬草とか、それこそアプルの実みたいな収穫物《しゅうかくぶつ》がたくさんあったら、入りきらないと思う。

それに重いんだよね。全部入れると。

私も体が小さいほうだから、普通《ふつう》のリュックをいっぱいにするととっても重いのを知っている。

自分のリュックは収納の魔道具なのだ。これは空間圧縮効果と重量軽減効果がある。

この際だから子供たちの分だけと言わず、お店のラインナップに収納のリュックサックを増やそう。

そう決意してから、費用が掛《か》かったけど、普通のリュックを買い集めた。

それからこれが重要な素材で、通称《つうしょう》、収納石《しゅうのうせき》という石がある。これがそこそこ高いんだけど、財源を圧迫《あっぱく》しない程度に買い込《こ》んだ。もちろん量を買って値引きしてもらったから、ちょっとお得だった。


「しっかり見ててね、シャロちゃん」

「はい、こんな珍《めずら》しい作業を見れるなんて。こういうのは好きです」

「でしょう。まあ王都でもなぜかあんまり見ないモノね」

「いやあ、なんか込める魔力量が尋常《じんじょう》じゃないんで、作るのが大変というふうに聞いてますが」

「あ、確かにそうだね」

うん。空間を圧縮するために、魔力を込めるのが確かに大変なのだ。

魔道具になってしまえば、特にコストとか全然ないんだけどね。

「錬金釜《れんきんがま》に収納石を砕《くだ》いたものを入れます」

「はいっ」

「次はお水です。ぐるぐる混ぜます」

「はいはいっ」

「ぐーるぐる、ぐーるぐる」

「う、うん。やっぱり歌うんですね」

私はぐるぐるの歌を歌いながら混ぜる。ちょっと幼稚《ようち》かなとは思うものの、これは私の儀式《ぎしき》みたいなものなので、この歌を入れないと何か集中できない呪《のろ》いに掛かっている。

いやあ、見せるのは少し恥《は》ずかしいんだよ。

「できた収納石の液体に、リュックを漬《つ》け込みます」

「はい」

ちょっと錬金釜が携帯《けいたい》用なので小さめだけど、なんとか押《お》し込む。

「魔力を込めます。えっと空間圧縮です」

「え、あ、はい。ぶっちゃけ空間圧縮とか難しい、いや最難関ですね」

「まあそうだけど、覚えちゃえばいいだけだよ」

「簡単に言ってくれる先生だなあ」

「あはは」

空間圧縮魔法のための魔力を掛けて、押し潰《つぶ》す感じで。

それでもう圧縮できないよ、となったら。

「はい、終わり」

「え、これだけ？」

「うん。あとは出して乾《かわ》かすだけ」

「へえ」


こうして収納の魔道具のリュックが一つできた。

携帯錬金釜だと、一度に一個しか作れないけど、まあ順番に作る以外には方法がない。

もっと量産用の大きい錬金釜も欲《ほ》しいけど、高いし、使いにくいんだよね。

収納石の液体は使い回しができるので、どんどん収納リュックを作っていく。

ちなみにどうも普通の錬金術師だと、魔力が切れて量産できないらしいと最近知った。

魔力ポーションでブーストする手だってある。まぁ魔力ポーションも品薄《しなうす》だけど。

魔力ポーションはというか回復ポーションもそうなんだけど、何個もたくさん飲むと、ポーション中毒という症状《しょうじょう》が出て、酷《ひど》いと場合によっては死んでしまう。

元のリュックサックもちょっと高いというのも問題だったりするし。

収納石の液体は一日くらいで使えなくなる。

何はともあれ、こうして子供たちに圧縮収納のリュックサックの魔道具をプレゼントできた。

ついでに余った材料で、お店にも並べている。

こういう魔道具的なものを売るのは実は初めてなので、ちょっとどうなるか楽しみだ。

◇

結論から述べるなら、初日はものすごく売れた。

それもバッグ目当てでなくて、たまたま寄っただけの冒険者《ぼうけんしゃ》さんたちに。

「おい、ちょっとこっち見てみ」

「リュックサックだな。えっと普通のリュックならめっちゃ高いな」

「バカ言うなよ」

「分かってる。ちょっと信じられなかっただけだから。これ収納のリュックだろ」

「だよな」

「何倍？」

「八倍だな」

「え……それでこの値段なの？」

「ああ」

「マジでか……」

冒険者が来て、コントみたいな会話をしていた。

あー、どうも量産しすぎたせいで、値段がめっちゃ安くできたんだよね。

収納の魔道具は作る際の魔力量によって圧縮率が異なる。

他の冒険者に聞いたんだけど、王都で手に入る収納の魔道具はリュックの体積比で三倍圧縮が普通で、高くても五倍ぐらい。

これは八倍ぐらいだね。


お値段は三倍圧縮のお店の三分の一くらいらしいよ。

「えっといくらだ」

「お値段ちょうど金貨一枚」

「高いけど、けども。めっちゃ安」

普通のお店は金貨三枚ぐらいのお値段なんだね。

収納石の一回分で、私なら何個もできるから、コストパフォーマンスが全然違うらしい。

貯《た》まった収入で携帯炉《ろ》を買おうと思っていたけど、それを収納のリュックの資金に回した。収納のリュックも需要《じゅよう》があるなぁと子供たちを見ていて思い付いたのが、よかったみたい。

いやあ、直感って当たるといいよね。当たらないと悲惨《ひさん》だけど。


それから噂《うわさ》を聞きつけた冒険者が来るわ来るわ。

王都では、あんまり冒険者がいないといっても、西の森に行く人はそこそこの数いるらしい。

「収納のリュック、まだ売ってますか」

「収納のリュックの話聞いて来たぜ」

「なんか収納のリュックがすげえお買い得って」

続々来る。

「収納のリュック、あの、借金でいいので、売ってくれませんか……」

「いやあ、さすがに借金は駄目《だめ》ですね。どこかで借りてくるならいいですけど」

「そうですか」

しょんぼりしていく、ちょっと貧乏《びんぼう》そうな青年。

ごめんね、さすがに借金で売るのは無理だわ。うちも安く売っているから、儲《もう》けもそこまで大きいわけじゃないし。


これはもしかしたら、普通の値段で売れば、丸儲けなのでは。

あ、でもそんなに高かったら買えないのか、みんな。

高いと売れない。安いと儲けがあんまりでない。

なかなかいい塩梅《あんばい》を探すのは難しい。これぱっかりは、今までの経験だけでは無理だった。

「ちょっとミレーユちゃん」

あ、お店に直接メイラさんが走ってくる。超《ちょう》珍しい。今日も美しいですねお姉さん。

「あ、はい。ミレーユです。ご機嫌麗《きげんうるわ》しゅう」

「はいはい。挨拶《あいさつ》とかいいから、この騒《さわ》ぎなんなの。収納のリュックだってね」

「お耳が早いようで、はい。ちょっと量産してしまいまして、一掃《いっそう》セールなんですよ」

「一掃セールだったのか」

「あ、いえ、あの、ずっとこの値段で売る予定なんですけど」

「それは一掃セールとは言わない」

「あ、はい」

「どうしてこうなったんだ」

「いやあ、あのう」

「悪い、奥通《おく》してくれるかい」

「はい」

お店の奥、二階に上がって話を続ける。

ことのいきさつ、収納石をちょっとお買い得に買い込んだことと、自分には量産が可能なことを説明した。

「はあ、全く」

「普通に作っただけですよ。ちょっと子供たちの分のついでに」

「ついでこれか」

「いやあ、まあ、面目《めんぼく》ない」

「で、もっと量産できるのかい？」

「やろうと思えば、もう少しいけますね。ただリュックを買ってこないといけなくて、それが面倒《めんどう》くさいんです」

「分かった。リュックはこっちでなんとかする」

「え、あれ」

「協力しよう。こういう時こそギルドに頼《たよ》ってくれ」

「あーよかった。めっちゃ怒《おこ》られるのかと思っていました」

「いや怒りたくても、もう売ってしまっている。後の祭りだ」

「そうですね」

こうして素材となるリュックの増産がギルドの加盟店で行われている。在庫も回してもらっている。

なんとお値段も小売りで買ってくるより安い。卸値《おろしね》で買えた。お得お得。

私はせっせと、集まったリュックを可能な限り、八倍圧縮の収納の魔道具にしていった。


商人たちにも飛ぶように売れていた。

ポーションみたいにナマモノではないので、あればあるだけ売れるらしい。

でも、そう簡単にもいかない。

王都での収納石の在庫が消えた。他の業者も焦《あせ》って買い集めているらしく、収納石の値段も上がり気味だった。

収納石は元々高値だったためにそこまで売れていなくて需要が無いと見なされていた。そのため在庫が少なかったのが問題だったらしい。

収納石がないと、収納のリュックにはできない。継続販売《けいぞくはんばい》は無理ということになって、一度撤退《てったい》ということになる。

それでも高い商品の利益は桁《けた》が違って、それなりの儲けにはなりました。

◇

最近、時折ポムがいないなという日があった。

そうして今日、ポムがいなくなった後、戻ってきたんだけど。緑のポムの隣《となり》に青いポムがいる。

「ねえポム、その子どうしたの？」

ぽむぽむ跳《は》ねるだけでポムはしゃべらないので、よく分からなかった。

なんだか二人を見ていると非常に仲がいいみたいで、つつきあったりしている。

「もしかして彼女《かのじょ》なの？」

ポムが縦にぴょんぴょん跳ねる。うむ、たぶんこれは肯定《こうてい》だろう。

「へぇ、ポムに彼女さんが」

「ミレーユさん、先を越《こ》されましたね」

「そうだよねマリーちゃん、私たちより進んでる」

「先生、私たちも頑張《がんば》りましょう」

「う、うん。まあそうだね」

私たち人間三人はそんなポムを見つつ、羨《うらや》ましいと話す。

「でもいいんだ。私にはマリーちゃんとシャロちゃんがいるし」

「わわ、ありがとうございます。ミレーユさん」

「先生、うれしいです」

三人がぎゅっとくっついて女の子同士で友情を誓《ちか》う。

ポムったら遊び歩いていると思えば、そうか彼女を探していたのだ。

ポムは私がいれば寂《さび》しくないのかと思ってたけど、いっちょ前に伴侶《はんりょ》を見つけるとは思わなかった。

ポムがお茶を飲んでいるけど、彼女さんにも触《しょく》手《しゅ》で分けてあげていた。

ふむふむ。スライムの仲はなかなかよろしいようで。

「青いポムちゃんもかわいい」

「青いポムちゃんは名前はなんていうのかしら」

「緑と青でいい感じですわね」

お店に来るお姉さんたちにも人気だった。

またしばらくして青いポムさんは遊びにきていた。

ちょくちょく顔を出す。どこの子なのだろうか。

それから彼女さんと呼んでいるが、スライムは雌雄《しゆう》同体なので実際には彼女か彼氏《かれし》かは分からない。

ただポムは女の子が好きなのでどちらかというと男の子かなと思っている。

ポムも女の子が好きな女の子で百合《ゆり》関係かもしれないけど会話ができないので不明だ。

彼女さんとポムの触手がそれぞれ伸《の》びて先っぽだけ絡《から》め合って手を繋《つな》いでいる。

「きゃ、お手々繋いでる、かわいい」

「うんうん」

「わかるぅ」

スライムも手を繋ぐんだな、という感想だけど初めて見る。

スライムの繁殖《はんしょく》行動とかはどれくらい知られているのだろうか。

テイマーとかは知っていると思うけど、一般《いっぱん》の人となるとそんなことまで関心がないのが普通だ。

調査の結果、どうやら青いポムこと彼女さんは王都の男爵《だんしゃく》家であるファランクス家のペットのミミちゃんだということが分かった。

「なんかうちのポムがお世話になっています」

「いえいえこちらこそミミちゃんに彼氏さん？　ができてよかったです」

飼い主であるファランクス家のお嬢様《じょうさま》エミリーちゃんと男爵家の前で話し込んでしまった。

「錬金術師様ならいい薬とかも持っているんでしょう？」

「え、ええまあ」

「すごいですね。やっぱり腕《うで》があると違いますもんね」

「まあそうですね、えへへ」

錬金術師だというと、とても感心されてしまった。

男爵家は王宮のメイドさんをしている家らしくて地位はそれほど高くないそうだ。

メイドさんも十分すごいと思う。なんたって王宮勤めで貴族だし。

王宮ではたくさんのメイドさんが働いていてそのうちの一人にすぎないと謙遜《けんそん》していたけど、うちとは違って「本職のメイドさん」だもんね。

そりゃ憧《あこが》れるよねメイドさん。王宮で働けるんだもん。

「上がっていってください」

「はい」

私とポムとで家にお邪魔《じゃま》する。

ポムはすぐに向こうからポンポン跳ねてきたミミちゃんとぶつかって、そのまま離《はな》れたりぶつかったりと遊んでいた。

「まぁまぁこんなに仲良くなって、よかったわねミミちゃん」

ミミちゃんが上下に跳ねて同意してくれていた。

ポムとミミちゃんが並んで座《すわ》っている。短い触手をお互《たが》いに伸ばして手を握《にぎ》っている。

「手まで繋いで本当に仲良し。スライムはいいわねえ」

エミリーちゃんはスライムになりたいとまでは言わなかったけど、そういう気持ちなのだろう。

ポムはなんだかんだ言って彼氏として認められたみたいで誇《ほこ》らしくしている。

ドヤ顔だった。それを見た私は笑ってしまった。釣《つ》られてエミリーちゃんも笑う。


あくる日。なんだかポムの中に白い丸いものが三つほどある。

「ポムそれなに？」

ポムは自慢《じまん》げにぴょんぴょんするけれどよく分からない。

「ねえねえ、ミレーユさんそれスライムの卵じゃないかなぁ」

「おお、さすがマリーちゃん、勘《かん》が鋭《するど》い」

「えへへ」

「えっ、ポムちゃん卵産むんですかぁ？」

「シャロちゃん、そうみたいだよ」

「わっわっ、ついにポムちゃんもお母さんなんだぁ」

「そっかお母さんなんだ」

うちはお母さんを先に亡《な》くしておばあちゃんに育てられたからあまり実感がなかった。

そっか、ポムがお母さん。

そうして観察して数日経過。ポムから卵が排出《はいしゅつ》された。

しばらく見ていたけどそのままだったので目を離していた。

「生まれました、ミレーユさん生まれた！」

マリーちゃんが大慌《おおあわ》てで教えてくれる。

ポムから分離《ぶんり》して何時間もしないうちだったと思う。

卵の殻《から》はパカッと割れていて小さいスライムがポムの周りに三匹《びき》いる。

青いのが一匹、緑のが二匹だ。

「あら、生まれたの？」

「ポムちゃんの子供よ。お姉さんたちはいつも見守っているから」

ポム愛好家のお姉さんたちも見ていてくれるらしい。

それから一週間、なんと子供たちがいなくなっていた。

「あれ、どこにもいない」

「誰《だれ》かに食べられちゃったかな」

「そんなまさか」

「あの、知り合いのテイマーに聞いてきたんだけど、生まれて一週間で巣立ちをするんだって」

「へぇ、スライムって早熟なんだ」

「面白《おもしろ》いよねぇ」

なんともう巣立ったんだって。すごい。

こうしてポムの晩夏の恋《こい》と子供たちはどこかへと旅立っていきました。

13章　王都で火事だよ

九月も終わりごろで涼《すず》しくなってきた、そんなある日。

カンカンカンカン。

鐘《かね》が鳴る音が、王都内に響《ひび》き渡《わた》った。最近は秋になってきて風も乾燥《かんそう》している。

「え、なに？」

「ミレーユさん、火事みたいです。この音は間違《まちが》いないです」

マリーちゃんが店舗《てんぽ》側から私のいる錬金《れんきん》をする部屋へ跳《と》んできた。

「ささ、見に行きましょう。近くだったら荷物持って逃《に》げないと、死んじゃいますよ」

「あ、そうだね」

確かにお隣《となり》とかその隣という可能性もないわけではない。

王都の建物は、ベースは石造りなんだけど、屋根とか柱とか梁《はり》なんかは、木の家が多い。

だから結構燃え移る可能性がある。こういうとき、密集して建っている大都市の王都は危険だ。

「あ、ちょっと待って、あるポーション全部持っていこう。怪我人《けがにん》がいるかも」

「あ、はい、手伝います」

「じゃあ私、一応、練り薬草とか集めてきます」

私とシャロちゃんでポーションを集めて、その他の関連製品をマリーちゃんにお願いして集める。

「よし、だいたいオーケー」

「では行きましょう」

「行きます」

三人で収納のリュックを背負って、空を見上げる。煙《けむり》はどっちだ。あっちだ。

住宅街の方向、やや貧困《ひんこん》街が近いと思う。貧困街は場合によっては放火されることもある。

マリーちゃんの家も近いので心配だ。

「あ、あの方角、うちの方向っ」

マリーちゃんが青い顔をしている。

怖《こわ》い人はいる。万が一ということもある。三人で煙を目指して走った。

「あ、二人とも、速いよぉ」

シャロちゃんがすでにへばっていたので、ちょっと足を遅《おく》らせる。

何があるか分からないから、三人一緒《いっしょ》に行ったほうがいい。


煙はどんどん近くなっている。角を曲がったらなるほど、まだ消火中だった。

火事になった家の人には悪いけれどマリーちゃんのお家《うち》でなかったことに少しだけホッとした。

「うちじゃなかった……」

マリーちゃんがへたり込《こ》む。

「うん、でも怪我人とかいるみたい」

「はいっ、気合い入れます。うちの弟妹くらいの小さい子とかいるかもしれない」

すでに火元となった家は全焼《ぜんしょう》だ。左右の家に延焼していて炎《ほのお》がまだ上がっている。

灰色の煙と白い煙が半々くらいだろうか。

「うわああん」

「火事怖いよぉ」

近所の子供だろうか。泣きながら道路に立っていた。

「大丈夫《だいじょうぶ》よ、大丈夫だから」

すかさずマリーちゃんが駆《か》け寄って確保する。子供たちに甘《あま》い飴《あめ》を与《あた》えて頭を撫《な》でていた。

やっぱり子供の扱《あつか》いが上手だ。後ろの救護用テントのほうへ連れていき避難《ひなん》させる。

珍《めずら》しい王立騎士《きし》団の魔術師《まじゅつし》部隊が、水魔法で水を出して火を消していた。

揃《そろ》いの紫《むらさき》のマントがその威厳《いげん》を表している。紋章《もんしょう》は鷹《たか》に杖《つえ》だ。

いちいち水を汲《く》み上げて、バケツで消していては間に合わない。

もし街に火が回ってしまったら、魔術師部隊でも消しきれず、王都全体が燃えてしまうかもしれない。

だから魔術師部隊は、すぐにやってくる。初期消火は重要だった。

空とか飛んできたらすごいんだけど、残念だけど魔術師部隊で空を飛べる人はいない。

もっとも、世の中には空を飛んだりする人もいる。

自分で飛んでるわけではないけど、飛竜《ひりゅう》に騎乗《きじょう》するワイバーン部隊も数は少ないものの王都にはいて、昼間はだいたい交代で誰《だれ》か一人は空を飛んでいる。

だから王都の空には一羽のワイバーンが必ず見える。

さすがに夜は飛んでないけど。


まだ火が出ている家が何軒《なんけん》かある。私も魔法は使えるので、手伝えることはしよう。

「錬金術師です。魔法使えます。消火、お手伝いします！」

「了解《りょうかい》です。ありがとうございます」

魔術師部隊の人と連携《れんけい》して消火活動に加わる。

「ウォーター・シャワー」

文字通り水のシャワーの魔法だ。これをお湯にするとお風呂《ふろ》の代わりなどに使える。

だから便利だと思って練習はしていた。

あまり対魔物戦闘《せんとう》では使わないものの、水に弱い炎系の魔物に有効だった。

それからもちろん田舎《いなか》から出てきて王都に行く途中《とちゅう》での飲料水や顔を洗うのにも便利だ。

「ウォーター・シュート……」

「ウォーター・シャワー」

「ウォーター・シュート……」

魔術師部隊の人と一緒になって鎮火《ちんか》を急ぐ。

ボウボウ、パチパチと火の音がしていて、赤い炎が見える。

火に近づくと、思った以上に顔などが熱い。水を掛《か》けるとジュワッと音を立てた。

しっかり最後まで水を掛けるのが重要だ。大丈夫だと思っても再び火がつくことがある。

その辺は私は詳《くわ》しくないけれど、魔術師部隊の人はベテラン揃《ぞろ》いに見えるので、大丈夫だろう。

シャキーンと敬礼されたりして、少しこそばゆい。自分にできることをしているだけだ。


だいぶ消火は進み、残りの火のほうは魔術師部隊の人だけでも大丈夫そうなので、怪我人の救助へ参加する。

「お疲《つか》れ様です。錬金術師です。ポーションを持ってきました」

「ああ、助かります」

魔術師部隊の人にポーションがあるのを伝える。

基本的に攻撃《こうげき》魔法と回復魔法は系統が違《ちが》っていて、両方できる人は少ない。

すでにマリーちゃんとシャロちゃんが手当てに参加していた。

住民の人で火傷《やけど》をした人などが現場から距離《きょり》を取った場所に横たわっているので、具合を見て私もポーションを使っていく。

中級ポーションと低級ポーションを患者《かんじゃ》の容体を見ながら、使い分けていく。

この人は意識がない。中級ポーションでなんとか。ふぅ、大丈夫だったようだ。

こちらの人は現場であわてていて転んでしまっただけみたいだけど、膝《ひざ》から血が出ているので、念のため低級ポーションを渡しておく。

そして隠《かく》し財産である、中上級ポーションも三本だけある。いざというときは使おう。

午前中だけどポーションの準備は終わっていたし、昨日までの残りのポーションも持ってきてある。

「助かります」

「ありがとうございます」

ポーションで一通り避難している人を回復させた。

死んでしまった人は奇跡《きせき》的にいないようだった。

その後は一応元気そうな魔術師部隊にも、練り薬草、それからうちで開発した薬草クリームを配っていく。

火事現場では木材を動かしたりすることもあるので、擦《す》り傷ができることもある。そういうのには薬草クリームが最適なんだよ。

これもシャロちゃんの家が提案してくれて共同開発したおかげだ。

「お、練り薬草に薬草クリームか。珍しいな、ありがたい」

「いえいえ」

「どこの錬金術師だい？　見ない顔だ」

「え、あ、はい、私、ミレーユ錬金術調薬店のミレーユです」

「あっ、あの、例の」

「例の？」

「いえ、今年に入ってから噂《うわさ》はかねがね」

「は、はあ」

そう言われてしまうと、ちょっと照れる。

いい噂ならいいけど、どうだろうね。変なこと言われていたら、恥《は》ずかしい。

「あの、噂って……」

ニコッと一瞬《いっしゅん》だけ笑ってくれる。すぐに真剣《しんけん》な顔に戻《もど》ったけど。

「子供店長がとかいう、嫉妬《しっと》深いものも確かにあったよ」

「は、はぁ」

「事実は変えられない。でもどんな人なのかは、それとこれとは関係ないからね」

「そうですね」

こちらに微笑《ほほえ》みかけてくれる。その目は真剣だ。

私のことをちゃんと見てくれている。

「ミレーユ錬金術調薬店といえば収納のリュックの噂も聞いているよ。うちの部隊にも贅沢《ぜいたく》を言えるなら一人一個は欲《ほ》しいんだがなぁ、なにぶん予算がね」

「ですよねぇ」

「でも、一個金貨一枚なら手が届きそうなんだ。ただし数がいる」

「すみません。在庫切れで」

「らしいね。それも聞いたんだ。残念だけど材料がないんではな」

「そうですよね」

話しかけられたのは、背がとても高い魔術師部隊の隊長らしい。

他の人が敬意を払《はら》っているのが分かる。

「なるほど、確かに。うんうん、偉《えら》い偉いねぇ」

頭をなでなでされた。

むむ。また子供扱いじゃん。もう。レディーだって言ってるのに。

「もうっ、子供じゃないですからね」

「ああ、こりゃあ失礼しました」

「いえ、いいんです」

きりっとした顔をしていた。

さすがに火事現場で、ずっとニコニコするわけではないみたい。そういうところは場をわきまえている。偉い。

「マーシャル錬金術店のものです」

シャロちゃんの実家のお弟子《でし》さんたちが応援《おうえん》で駆けつけてくれた。

薬草クリームの実演のときに顔を合わせたことがあるので、顔見知りだったりする。

「低級ポーションならこちらにもあります」

「薬草クリームもありますよ。ミレーユ先生、ご無沙汰《ぶさた》しております。お嬢様《じょうさま》も」

お弟子さんたちがさっと私とシャロちゃんに頭を下げて作業に入っていく。

シャロちゃんはちょっとくすぐったそうな仕草をしていた。

実家のお弟子さんとか、もしかしたら結婚《けっこん》相手候補になるかもしれない。

やっぱりなんとなく恥ずかしい気持ちはあるのだろう。

その辺の人間関係は結構複雑だ。

それでも気持ちを切り替《か》えてそれぞれの仕事をこなしていく。


奥《おく》のほうから重傷者が担架《たんか》に乗せられて運び出されてくる。

この時間まで奥にいたってことはかなり厳しいと思われる。現場に緊張《きんちょう》が走った。

「もう、あれは駄目《だめ》かもしれんな……」

ぼそっとそういう声が聞こえ、聖印を切る人までいた。

「あの、あのすみません」

私が走ってその人に駆け寄る。

「うぅ……」

服はほとんど丸焦《まるこ》げで火傷が酷《ひど》いようだった。

返事をしたわけではないが、意識がかすかだけどあった。

まだ死んでない！

「中上級ポーションって分かります？　知ってますよね？　あります、ここに残りが」

担架を持っている人たちが一斉《いっせい》に顔を上げる。

「すぐ下ろしてください。ポーション使いますっ‼」

魔術師部隊の人が慎重《しんちょう》に担架を床《ゆか》に下ろした。

「では、はい、ほら飲んでください」

口元にポーションを垂らしていくと、数滴《すうてき》で意識が戻ってきて、頑張《がんば》って飲んでくれる。

「そうです、その調子です。最後まで飲んで」

「ごくっ、ごくごくっ……」

必死にポーションを飲んでいく。ポーションの量はそれほど多くはない。

しかし死にかかっていた人にはその一滴でも貴重だ。

「くはぁっ……はっ、俺《おれ》……」

「「うぉおおお」」

「やった、助かったぞ」

「よかったな、よかった……」

みんな万歳《ばんざい》、拍手喝采《はくしゅかっさい》、サムズアップ。

家は焼かれてしまったけど、死者ゼロ人。なんとか生還《せいかん》することができた。

緊急性《きんきゅうせい》の高い人は、秘蔵のポーションで助かった。あってよかった、ポーション様様。

「姉ちゃん！」

「お姉ちゃん！」

小さい二つの影《かげ》が飛び出してくる。マリーちゃんの弟トーマ君と妹のエルラちゃんだ。

「怖かったよおおお」

「大丈夫だよ。火事はほぼ消えたよ」

マリーちゃんが弟妹をそっと抱《だ》き留める。

「二人とも無事だったのね」

「うん」

「平気」

やっぱりこうしているとお姉ちゃんなんだなって思う。

周りには最初に確保した近所の子供たちが数人集まっていた。

さながら小さな託児所《たくじしょ》みたいになっている。

託児所の『マリー先生』もなかなか様になっていて、なんだかほっこりする。


火事の翌日。

ホーランド商業ギルドのメイラさんが心を痛めたようで動き出した。

まず周辺住民への紅茶パンと紅茶クッキーの無償《むしょう》配布を始める。

この二種類はメイラさんのイチオシで今ちょうど大々的に売り出しセールをしようと大量生産を始めたばかりだった。

これも以前、私の所から提案してみんなで作った製品の一つだ。

どうしても火事現場周辺はいつまでも焦げ臭《くさ》いのが気になって食欲も低下していた。

紅茶風味は臭《にお》いを抑《おさ》えられて、食欲増進効果があった。

「とても助かります」

「いい匂《にお》い。うれしいです」

近所の住民たちには大変感謝された。

火事現場は解体されてまた家を建て始めている。

家の建て替えにもホーランドの資金が投入されて無担保での融資《ゆうし》が行われるそうだ。

みんなホーランドのメイラさんに感謝している。

若くて綺麗《きれい》な敏腕《びんわん》ギルド副会長ということで、人気はうなぎのぼりだった。

系列店であるミレーユ錬金術調薬店の活躍《かつやく》も一緒に噂になったりして、鼻が高い。

マリーちゃんのきっかけとシャロちゃんの要望で製品になった薬草クリーム。そしてメイラさんの紅茶パンと紅茶クッキーなど、錬金術調薬店を通して繋《つな》いできた仲間の縁《えん》を強く感じた出来事だった。

エピローグ　三等市民勲章《くんしょう》だよ

王都の火事があってから、しばらくゴタゴタしていたけれど、それも落ち着いてきた。

実は王宮のほうでも今回の火事について話題になったらしく、かなり問題になっていると噂《うわさ》されていた。

少しでも鎮火《ちんか》が遅《おく》れていれば、王都全体が焼け野原になる可能性もあったのだ。

今でも火を使う家が多いのがそもそもの問題だ。

うちの店はポムのお姉さんたちなどの出入りもあって噂話《うわさばなし》はよく耳にする。

火気厳禁とまでは言わないものの、魔力《まりょく》で熱を発生させて炎《ほのお》が上がらない魔道コンロの導入を進めたらどうかとか、直接火をつけない魔道具への転換《てんかん》を進めるべきではないか、なんて話も出てくるようになった。

ただし魔道具だってもちろんタダではない。

うちはまだ魔道具の生産にほとんど手を出していないので大丈夫《だいじょうぶ》だけど、該当《がいとう》する錬金術師《れんきんじゅつし》や魔道具店さんたちは戦々恐々《せんせんきょうきょう》としているに違《ちが》いない。

ポーションについては、今まで十日前後という使用期限があるため騎士《きし》団では備蓄《びちく》しておらず、その都度調達していたらしい。供給側も私の口添《くちぞ》えなどで量や質も改善されてきているので、今度から騎士団では備蓄を持つようにするという方針になった。

メホリックとホーランドのどちらが騎士団にポーションを卸《おろ》すかで揉《も》めていたけど、それは結局両方から半分ずつという折衷案《せっちゅうあん》に落ち着いたそうだ。

うちから買い上げてもらっているものからも出しているはずだけど、直接買ってもらっているわけではないので、あまり実感はない。

そういえば少し卸す数が増えていたような気がする。


それからしばらくしたある日。

午後のお店をのんべんだらりと開いていたら、黒塗《くろぬ》りの立派な馬車がお店の前に停《と》まった。

「何あれ」

「さあ」

シャロちゃんにも分からないのかな。

じっと見ていたら中から紳士帽《しんしぼう》を被《かぶ》った人が杖《つえ》をついて出てきた。

そのまま中に入ってくる。思考を切り替《か》えだ。モードチェンジ、接客スタイル。


「いらっしゃいませ。ようこそ、ミレーユ錬金術調薬店へ」

「ふむ」

「何をお求めですか」

「収納のリュックサックというのが便利らしいな」

「す、すみません。ただいま材料切れで在庫なしとなっていまして」

この前から在庫は一切《いっさい》ない。自分たちのぶんはあるけど、あれは売り物ではない。貴族様でどうしてもで、圧力かけてくるなら自分の予備を出そう。悔《くや》しいけどね。

何を言われるのか、冷や汗《あせ》ものだ。

「やはりそうか、なにただの確認《かくにん》だよ。そう構えなくても大丈夫」

「そうですか」

ふう、よかった。

「君がミレーユかね？　それともそっちかな？」

「あ、私です」

同じメイド服を着てるからよく間違《まちが》えられるんだよね。マリーちゃんにとばっちりが行く前に自分で名乗る。

「市長からの招待状を預かっている。一週間後、市庁舎へ来なさい」

「え、どういう？」

「三等市民勲章だ。おめでとう」

「あ、ありがとうございます？」

ごめんなさい。よく意味が分からないです。

おじさんは招待状を手渡《てわた》して帰っていった。

ちなみに王都など主要な城塞《じょうさい》都市には市制が敷《し》かれていて、王都は国王直轄領《ちょっかつりょう》だけどそれとは別に市長がいる。


招待状によれば、私は三等市民勲章という勲章が貰《もら》えるらしい。

一般《いっぱん》市民が貰える勲章は一等が一番上で、三等が一番低いみたい。

どうやら今までの医療《いりょう》への貢献《こうけん》、この前の火事現場での無償奉仕《むしょうほうし》などが決め手になったようだ。

そもそも十三、十四歳《さい》で貰えること自体が異例なんだと、ホーランドのメイラさんが言っていた。

普通《ふつう》はドレスで行くのが通例なんだけど、私はメイド服でいいんだって。

ドレスがよかったけど、一週間で仕立ててもらう特急料金なんか当然払《はら》えないので、渋々《しぶしぶ》メイド服で行こう。


とほほ。すっかりメイド服が制服になっちゃったな。

お金が掛《か》からないのはいいけど、本当にそれだけだよね。


授与式《じゅよしき》当日の午前中。お店で待っていたら、この前の黒塗りの馬車がお店に横付けされてきた。

御者《ぎょしゃ》が降りてきて、お店に入ってきたので、その案内に従って馬車に乗る。

私、ポム、シャロちゃん、マリーちゃんと乗せてくれたら出発した。

王都の道を豪華《ごうか》な馬車に乗って走る日が来るとはね。車窓を眺《なが》めながら、進んでいく。

そして中央の例の噴水《ふんすい》広場までくると、その正面にある建物の前で停まった。

ここが市庁舎だった。

御者の人はそのままで、市庁舎から担当の人が出てきて降りるのを補助してくれる。

ポムが先にぽんぽん出ていく。私たちはエスコートされてちょっとお嬢様《じょうさま》にでもなった気分だった。

そのまま建物の中に案内された。手前の事務スペースを無視して奥《おく》に進んでいく。

床《ゆか》が赤い絨毯《じゅうたん》敷《じ》きになった。廊下《ろうか》を折れて左の部屋に入っていく。

部屋の中にはすでに、ホーランド商業ギルドのメイラさんとそのお父さん、それから知らない人。

メホリック商業ギルドもボロランさんと他二人。どちらかがバーモントさんだろう。おそらくあまりうれしくなさそうな顔をしているほうだろうか。

それからたぶん冒険者《ぼうけんしゃ》ギルドの偉《えら》そうな人が三人。

あ、あとはですね。背の高い魔術師部隊の隊長とお伴《とも》が二人。なるほど、なるほど。

「ミレーユさんたちがご到着《とうちゃく》だね」

ホーランドの会長さんだ。会うのは初めてだけど私のことを知っているらしい。

確かにホーランドの廊下とかで見かけたかもしれない。

「こんにちは」

「はい、こんにちは」

他の人とも挨拶《あいさつ》を交《か》わす。

あとはホーランドのメイラさんとかと話を少ししていたら、時間のようだ。

入り口から恰幅《かっぷく》のいいおじさんが入ってきた。

胸のところには勲章がついていている偉そうな感じの人だ。


そしてホーランドと冒険者ギルドは左側、メホリックと魔術師部隊は右側に整列した。

マリーちゃんと、シャロちゃんも左右に分かれて末席に並ぶ。

シャロちゃんはメホリック所属なので。

ポムは後ろのほうで大人しくしている。なかなか空気を読むスライムでよかった。

そして私が指示されたのは前方のど真ん中。

恰幅のいいおじさんが私の正面に立って、向かい合った。

「私は市長のアルデバランだ。よろしく頼《たの》む」

「はいっ」

「うむ、いい返事だ。では、今から授与式を始める」

お、始まっちゃった。さすがに緊張《きんちょう》する。

「ミレーユ・バリスタット嬢。前へ」

「はいっ」

市長との間はちょっと空いているので、歩いて近くまで移動する。

「貴女《あなた》は、名誉《めいよ》ある市民として、医療の発展に尽力《じんりょく》し、またこのたびの火事において、迅速《じんそく》なポーションの配布を無償で行い、死亡者を出さずに治療《ちりょう》を行った功績をここに称《たた》え、三等市民勲章を授与するものである。市長アルデバラン・ミッケンロッテ伯爵《はくしゃく》。おめでとう」

「あ、ありがとうございます」

市長から勲章をいただく。

二重丸に八方向に光が広がっているような意匠《いしょう》の勲章だった。それを首に掛けてもらう。

ぱちぱちぱちぱちぱち。

参加者、そして市庁舎の職員のうち後ろで見ている人が一緒《いっしょ》に拍手《はくしゅ》をしてくれる。

「あーごほん。なお、副賞として金貨十五枚を進呈《しんてい》します」

「こちらも、ありがとうございます」

ぺこぺこして、金貨の袋《ふくろ》を受け取る。

ちょろっと中を確認すると、金貨は収納のリュックを売るときにも受け取ったけど、金色に光っていて、とても綺麗《きれい》だ。

ぱちぱちぱちぱち。

再度拍手を受けた。

「さて、式そのものはこれで終わりだが、食事を用意してある。是非《ぜひ》ご一緒ください」

「あ、はい」

これは招待状にも書いてあったので、すんなりみんなで食事をする。

でも伯爵とかいう貴族様と一緒に食事なんて、緊張しちゃう。

内容はコース料理だった。

白パンは一緒に出てきていた。いつ食べてもいいみたい。

お通しみたいなもの、野菜の前菜、スープ、お魚、サラダ、お肉、それからデザートだ。

透《す》き通ったコンソメスープ。お魚はイカリナのフライ。お肉はおおう、牛肉のフィレステーキ。

デザートはオレンジ果汁《かじゅう》を氷魔法で固めた、オレンジシャーベットだった。

なるほどそれなりに豪華だ。

美味《おい》しいご飯をいただいて、ほくほく顔で帰りました。

お店はちょっとお休みをいただきました。皆《みな》さんごめんなさい。

◇

お店は翌日から通常営業へと戻《もど》った。

練り薬草、蜂蜜飴《はちみつあめ》、グラノーラ、クッキー。お茶類、石鹸《せっけん》、シャンプー。

オレンジや桃《もも》のフレーバーは相変わらず人気がある。

お茶の試飲、特に初めて紅茶を飲むという人も多く訪《おとず》れてくれる。

ミルル草の実を入れた改良型低級ポーション、それから中級ポーション。

中上級ポーションと呼ばれているポムポーションは非常用でカウンター裏の棚《たな》に入れてある。

収納のリュックサックは現在在庫は品切れ中。
ジンジャーエールおじさんたちも私服姿で密《ひそ》かに飲みにきている。
今は威圧《いあつ》的な態度は鳴りを潜《ひそ》め、逆にひっそり飲んでささっと帰っていく。
仔猫《こねこ》のマリーちゃんのプロッテおばさんも顔を出していた。
コーヒーや紅茶などを注文してくれる人もたくさん来る。
今日もミレーユ錬金術調薬店は繁盛《はんじょう》しているようで私はうれしいです。
王都での生活はこれからも続いていくよ。
頑張《がんば》れ、私。頑張れ、みんな。
「ねーるねるねる、ねるねるね……」
今日も元気に錬金術だ。

あとがき

はじめまして、滝川海老郎《たきがわえびろう》です。今回、「第4回ドラゴンノベルス小説コンテスト」で特別賞をいただき、また書籍《しょせき》化する機会をくださり、ドラゴンノベルス様、カクヨム様、担当編集様、校閲《こうえつ》様、それから読者の皆様《みなさま》、とても感謝しています。ありがとうございます。

なんというか、ひたすら本を読む側だった自分がまさかこうして今、あとがきを書いていると思うと、とても感慨深《かんがいぶか》いというか不思議な想《おも》いです。感謝、感激の雨あられですね。ただ、それだけでは僕《ぼく》の能力でページを埋《う》めるのは無理があるので、何か考えないといけません。

世界情勢の話でもしましょうか。将来、読み返してあとがきを読んだ時、当時のことが思い出せるようにです。

今年は二〇二三年、コロナ禍《か》もだいぶ落ち着いてきてマスク着用が任意になり、ガソリン代、電気代をはじめとする物価が跳《は》ね上がり、厳しい社会経済情勢となっています。

この話を小説家になろうWeb版に書き始めた数年前、錬金術《れんきんじゅつ》やポーションの話なので病気の話をクライマックスにもってこようと決めて書き進めていました。そんな時に新型コロナのニュースが入ってきます。もしかしたら読者様から不謹慎《ふきんしん》だというような批判があるのではと、しばらく公開を躊躇《ちゅうちょ》していました。結果的には公開に踏《ふ》み切ってよかったと思っています。

そうしているうちにカクヨムでの活動を通して自作品『異世界転生スラム街からの成り上がり』

が月間総合ランキングで二位に上がり、その後、書籍化のお話をいただけました。

僕も人間です。欲が出たのです。当小説のＷｅｂ版をカクヨムにも掲載《けいさい》します。万に一つでもランキングを上ってこちらも書籍化できたらなという淡《あわ》い期待でした。今まで小説コンテストをいつも横目で見流していて、参加したことはありませんでしたが、ギリギリの期限でドラゴンノベルス小説コンテストにも参加しました。そこでありがたいことに賞をいただき、こうして今、本になるという経緯《けいい》です。

宝くじは買わない限り当たることがない、という話もあります。当せん確率は低くかったとしても、まずは応募《おうぼ》してみるのが大事だと教えられました。皆様ももし機会がありましたら、なにかチャレンジしてみるのもいいかもしれません。

今回のお話は全体的には女の子三人組が楽しく、のほほんと錬金術をして新製品を作ったり、たまにはお出かけしたりと明るめのほのぼの小説となっております。ちょっとしたイベントや困りごとなどを解決しつつ、錬金術店を経営していきます。

当小説を読んでくださり、ありがとうございます。重ねて感謝申し上げます。今後も『元貧乏《もとびんぼう》エルフの錬金術調薬店』をよろしくお願いします。ミレーユちゃんの台詞《せりふ》より「貧乏暇《びんぼうひま》なし。あくせく働くぞ」。

本書は、２０２２年にカクヨムで実施された「第４回ドラゴンノベルス小説コンテスト」で特別賞を受賞した「元貧乏エルフの錬金術調薬店　～ド田舎から王都に出てきた希少なエルフの血を引く普通の少女は実は王都では錬金術の世界最高水準の技術持ちでした～」を加筆修正したものです。

DRAGON NOVELS
ドラゴンノベルス

元貧乏エルフの錬金術調薬店

2023年8月5日　初版発行

著　　者　滝川《たきがわ》海《え》老《び》郎《ろう》

発 行 者　山下直久

発　　行　株式会社 KADOKAWA
〒102-8177　東京都千代田区富士見 2-13-3
電話 0570-002-301（ナビダイヤル）

編　　集　ゲーム・企画書籍編集部

装　　丁　AFTERGLOW

D　T　P　株式会社スタジオ２０５ プラス

印 刷 所　大日本印刷株式会社

製 本 所　大日本印刷株式会社

DRAGON NOVELS ロゴデザイン　久留一郎デザイン室＋YAZIRI

●お問い合わせ
https://www.kadokawa.co.jp/（「お問い合わせ」へお進みください）
※内容によっては、お答えできない場合があります。
※サポートは日本国内のみとさせていただきます。
※ Japanese text only

定価（または価格）はカバーに表示してあります。

ISBN978-4-04-075083-5　C0093

田中家、転生する。
Choco
猪口
[illust] kaworu
ドラゴンノベルス